«Madeleines»

SVEVA CASATI MODIGNANI

UN BATTITO D'ALI

MONDADORI

Dedicato ad Alice
che non ha ricordi del nonno paterno

I

Caro papà, trent'anni fa hai lasciato questo mondo all'improvviso, in punta di piedi, com'era nel tuo stile, privandomi della tua presenza, del tuo conforto, del tuo amore.

Ero una donna matura, ormai, e da molti anni parlavamo raramente tu e io, ma bastava che ci guardassimo negli occhi per ritrovare intatta la nostra intesa, la nostra complicità. Poi, all'improvviso, più nulla.

Da quando te ne sei andato, tante volte ho sentito il bisogno struggente di averti vicino per raccontarti gioie e tristezze, ma tu non c'eri più.

Finché un giorno è accaduto un fatto straordinario.

Ero nel giardino della nostra vecchia casa, in cui continuo ad abitare e, china al suolo, cercavo di sradicare l'erba infestante che tenta di soffocare il bel tappeto di dicondra. Da anni mi rivolgo a un'azienda che, ogni due mesi, mi manda i giardinieri per lavorare la terra, potare le ortensie, il glicine, le rose.

La dicondra l'ho fatta seminare da loro dove tu coltivavi rucola e cicoria.

I giardinieri sfoltiscono anche la siepe fendivista di edera che separa il nostro giardino da quello attiguo. Quando c'eri tu, la siepe non esisteva e chiacchieravi con il nostro vicino che, come te, curava l'orto. Lui era molto più giovane di te e vive tuttora, ma anche lui, come me, ha rinunciato al giardinaggio, perché è troppo faticoso per la nostra età. Io mi limito a strappare le erbacce, lui non fa neppure questo.

In quella bella mattina di giugno in cui mi occupavo della dicondra, l'impianto automatico dell'irrigazione aveva irrorato il terreno sprigionandone il profumo che mi piace tanto.

Indossavo un paio di vecchi jeans e, come facevi tu, avevo messo un cuscino sotto le ginocchia: «La terra è bassa e, curarla, è una bella fatica», dicevi e, di tanto in tanto, ti rialzavi, stiravi la schiena, guardavi l'insalata dall'alto e poi spostavi il cuscino là dove individuavi altre erbe infestanti. Lavoravi a mani nude e, quando smettevi, le tenevi mezz'ora sotto il getto dell'acqua, sfregando le unghie con lo spazzolino per liberarle del terriccio. Io, invece, uso sempre i guanti e mentre strappo le erbacce la mente vola ai personaggi del romanzo che sto scrivendo. Quel mattino, china sulla dicondra, mi sono chiesta a che cosa pensavi tu mentre lavoravi nell'orto. Forse al romanzo che stavi leggendo, appassionandoti alle avventure che avresti voluto vivere.

Mi sono ricordata che, quando ti avevo dato una copia del mio primo romanzo, ti eri messo sulla sedia a sdraio, nel cortiletto di casa, la tazzina del caffè a portata di mano, isolandoti da tutto e da tutti per leggerla.

Di tanto in tanto ti spiavo dalla finestra della cucina. A volte, arrivavi alla fine di una pagina e poi tornavi indietro a rileggere le precedenti. Eri immerso nella lettura di quelle storie che in parte mi avevi raccontato tu stesso nel corso degli anni.

La mattina del terzo giorno, guardandoti dalla finestra, ti ho sorpreso con il viso trasognato, il libro posato sulle ginocchia, lo sguardo velato di lacrime.

In quel momento la mamma, con il solito piglio autoritario, ti ha richiamato all'ordine: «Achille, smettila di leggere e vai a fare la spesa».

Mandava te dai negozianti del quartiere, dove le casalinghe andavano a spettegolare, riservando per sé i negozi eleganti del centro. L'ordine della mamma lacerò il silenzio e ruppe l'onda delle tue emozioni. Uscii dalla cucina, ti venni vicino e ti sorrisi.

Tu ti alzasti e, guardandomi con gli occhi arrossati di lacrime, mi dicesti: «Grazie».

Mi sono commossa ripensando a quell'episodio. Poi, con un sospiro, ho abbandonato i ricordi e mi sono concentrata su un cespo di loglietto dalle radici sottili e profonde che non riuscivo a estirpare dal terreno. Esitavo a servirmi della paletta appuntita che avrebbe facilitato l'operazione, perché temevo di sradicare anche la delicata dicondra che gli stava intorno.

All'improvviso una fitta alla schiena mi ha tolto il respiro. Ho mollato l'erbaccia con le sue radici e ho appoggiato le mani a terra. Allora mi ha avvolto il tuo profumo, così particolare, unico, intenso, indimenticabile.

Un nodo mi ha stretto la gola e ho sussurrato: «Papà, sei qui?».

Allora ho capito che non mi avevi mai lasciata.

Una piccola farfalla bianca si è posata sul mio braccio. L'ho accarezzata con lo sguardo e lei è volata via, è andata lontano portando con sé il tuo profumo.

II

Caro papà, è stato così che ho deciso di raccontarti quello che ti avevo taciuto da quando avevo iniziato a lavorare a quando ho scritto il mio primo romanzo che ti ha tanto commosso. Incomincio, dunque, dal mio impiego nell'ufficio del lupo Soria.

Te lo ricordi, vero, sei stato tu a chiamarlo così. La sera, quando rincasavo, stanca e amareggiata, mi guardavi negli occhi e, sorridendo, mi domandavi: «Com'è andata, oggi, con il lupo Soria?».

«Al solito, ha tentato di azzannarmi», ti rispondevo.

«Ma non l'ha fatto», affermavi, divertito.

«Non ancora, ma lo farà».

«Scappa, prima che ti lasci addosso il segno dei suoi dentoni», sussurravi, per non farti sentire dalla mamma che non vedeva l'ora che portassi a casa il mio primo stipendio.

Lei ci aveva ossessionato per mesi con la sua paura di restare senza soldi.

Ripeteva ogni giorno: «Ho già un figlio da mantenere agli studi, due sono troppi e lui ha più diritto di te a laurearsi perché tu sei una donna e, quando ti sposerai, attaccherai la laurea al chiodo». Questo era il suo lamento quotidiano. Mi ricordo che tu ascoltavi senza commentare e questo tuo silenzio era la conferma che c'era davvero bisogno che cominciassi a portare fieno in cascina. È stata la mamma, attraverso un giro di amicizie, a trovarmi l'impiego alle dipendenze del signor Soria, un piemontese di Bardonecchia, che aveva ereditato dal suocero la rappresentanza di materie prime per la fabbricazione della birra. Era un cinquantenne che, come me, aveva lasciato l'università poco prima della laurea: io in lettere moderne, lui in medicina. Piccoletto, magro, aveva una testa enorme, capelli crespi e folti, baffi brizzolati che nascondevano solo in parte una bocca grande con denti aguzzi fatti per triturare la carne, di cui era goloso. Si rifiutava di mangiare le verdure sostenendo che erano adatte solo alle capre.

Io avrei voluto studiare e scrivere, invece dovevo cercare di diventare una segretaria perfetta.

Non sapevo stenografare e questa era una lacuna gravissima, a quei tempi, perché negli uffici non esistevano ancora i registratori. Avevo imparato da sola a scrivere a macchina con la tua Olympia. Te la ricordi, papà? Era monumentale, tutta nera, con i tasti grandi, tondi, bianchi, che portavano impresse le lettere dell'alfabeto, i punti, le virgole, le parentesi e i numeri. Me l'avevi portata a casa perché la usassi per scrivere i miei racconti.

Quando la sera ritornavo dall'ufficio, ti sorridevo e non ti parlavo della mia frustrazione nel dover fare un lavoro che non mi piaceva.

Ogni mattina prendevo l'autobus, scendevo alla Stazione Centrale e mi avviavo verso piazza Camillo de Lellis. Lì, al piano rialzato di un palazzo degli anni venti, c'era un appartamento di tre stanze: era la sede della ditta del signor Soria. Varcavo un ingresso spoglio e percorrevo un corridoio con una porta sempre chiusa, quella di un salottino con un'ottomana, un paio di poltrone, un tavolinetto basso e stampe della vecchia Milano alle pareti. Era chiamato il "pensatoio", perché lì si ritirava il signor Soria per meditare. Me lo aveva spiegato subito, il primo giorno di lavoro, mostrandomelo. C'erano altre due stanze: una era l'ufficio del signor Soria e l'altra era per la segretaria, cioè per me. Gli arredi risalivano all'inizio del secolo ed erano in stile rinascimentale, cupi, massicci, deprimenti. Dalle finestre, che davano sul cortile, non entrava mai il sole. Il parquet scricchiolava a ogni passo. Un tarlo sgranocchiava il ripiano della mia scrivania, piazzata di fronte a un archivio monumentale dov'erano allineati i faldoni di decenni di corrispondenza. Di fianco avevo un tavolino basso su cui era appoggiata la macchina per scrivere.

Il secondo giorno di lavoro, nel primo pomeriggio, il mio capo annunciò: «Mi ritiro nel pensatoio. Prenda nota delle telefonate».

Tornò a palesarsi dopo un paio d'ore con i capelli spettinati, gli occhi gonfi di sonno, l'aria soddisfatta di chi si è fatto un bel sonnellino.

Ordinò: «Telefoni al bar e mi faccia portare un caffè. Due, se lo gradisce anche lei. Intanto mi dica chi mi ha cercato».

«Il signor Blandin da Parigi e il signor Hansbach da Praga», risposi prontamente, fiera d'aver memorizzato quei nomi sconosciuti. Per lui, invece, significavano molto, perché si rianimò immediatamente e domandò: «Che cosa volevano?».

«Non lo so. Ho riferito che lei era nel suo pensatoio e non voleva essere disturbato», risposi zelante.

Allora mi guardò con occhi truci, le braccia tese lungo i fianchi, le mani chiuse a pugno, il corpo irrigidito. Incominciò a tremare come se fosse percorso da una scarica elettrica e urlò con una voce resa stridula dall'ira: «Signorina, da quale pianeta misterioso lei si è catapultata come un masso devastatore in questo sacrario?».

Lo guardai con aria smarrita, mentre mi domandavo in che cosa avessi sbagliato.

«Non capisco», balbettai, perché non mi aspettavo di dover fronteggiare quell'ometto furibondo, rosso di collera, che sbraitava: «La segretaria deve essere la vestale dell'ufficio. Che cosa ha imparato dai suoi studi umanistici?».

«Per quanto riguarda la segretaria?», chiesi con voce esitante.

Mi guardò costernato. Girò sui tacchi come un militare, uscì dal mio ufficio, percorse a passo di marcia il lungo corridoio e andò via, sbattendo l'uscio alle sue spalle.

Mi domandai se dovevo comunque ordinare il caffè. Non capivo assolutamente che cosa lui si aspettasse da me. Andai in bagno a bere un sorso d'acqua, mi sedetti alla macchina da scrivere e proseguii una lettera da inviare all'ingegner Faranda, proprietario del birrificio Messina, per comunicargli, come da istruzioni del signor Soria, l'offerta di un certo quantitativo di luppolo a un prezzo davvero speciale.

Era la mia prima lettera commerciale e, per non sbagliare, mi ero letta le copie di altre lettere scritte dalla segretaria precedente. C'erano frasi del tipo: «Siamo a sottoporvi la nostra migliore offerta per la fornitura di...», «La merce vi verrà consegnata in porto assegnato presso lo stabilimento di...», «Ci è gradita l'occasione per formulare i nostri più distinti saluti».

Decisi di scrivere a modo mio: «Gentile Ingegner Faranda, noi non ci conosciamo. Sono la nuova segretaria del signor Emilio Soria. Qui a Milano siamo ormai in pieno autunno e il cielo è opaco, carico di pioggia, mentre so che in Sicilia splende ancora il sole. Invidio il vostro clima bellissimo. Le farà piacere sapere che il signor Soria ha ottenuto per lei un prezzo molto vantaggioso sulla fornitura di un malto cecoslovacco...».

A quel punto squillò il campanello della porta d'ingresso. Corsi ad aprire e mi trovai di fronte un signore anziano, alto, magro, sorridente.

«Sono il ragionier Boriani», esordì tendendomi la mano e avviandosi con passo sicuro verso il mio ufficio, mentre gli spiegavo chi ero. «Lo so», annuì lui, sedendo alla scrivania, dopo essersi tolto il soprabito. «È per questo che sono qui. Lui mi ha detto che lei non sa niente di questo lavoro. Io seguo la contabilità della ditta dai tempi del suocero, che era il proprietario di questa baracca, e il signor Soria mi ha chiesto di istruirla», concluse.

«Temo che non ce ne sarà bisogno. Senza rendermene conto ho detto qualcosa di terribile e il signor Soria se ne è andato furibondo. So che mi licenzierà», sussurrai e avevo le lacrime gli occhi.

Gli raccontai quello che era successo, mentre lui mi ascoltava annuendo e guardandomi con benevolenza. Infine disse: «Ma come si fa a essere così ingenui? Mi ascolti, quando lui dice che si ritira nel pensatoio, significa che va a farsi una sana dormita, perché la sera prima ha fatto tardi giocando a bridge con i suoi amici. Quando qualcuno lo cerca, deve rispondere che lui è fuori per un appuntamento di lavoro. Ha capito?».

Quel signore che si esprimeva in un milanese perfetto e aveva le sembianze di un nonno affettuoso, mi ispirò subito fiducia. Gli aprii il mio cuore. Gli dissi che avevo lasciato l'università perché in famiglia servivano soldi, gli confessai che impiegavo il tempo libero a dare ripetizioni ad alcuni ragazzini delle scuole medie, gli raccontai del mio dolcissimo papà, della mia mamma autoritaria, del mio fratellino amatissimo che aveva più voglia di giocare che di studiare e lui mi raccontò del suo amore per la nostra città, di cui conosceva i tesori d'arte nascosti e le storie più belle. E poi disse: «Adesso vediamo come posso istruirla su questo lavoro che, mi creda, è molto più semplice delle sue materie di studio».

Allora gli mostrai la lettera che avevo iniziato a scrivere all'ingegner Faranda. E il ragioniere commentò: «Ecco, se lui leggesse questa roba gli verrebbe un infarto. Sa quanto gliene importa al birraio del clima milanese? Impari le regole semplici di questo mestiere. Le insegno io l'abc della segretaria», concluse.

Mesi dopo mi regalò un libro di Raffaele Calzini, edito da Hoepli, sulla Milano *fin de siècle*, che conservo tutt'ora tra i volumi che mi sono cari.

III

Papà, tu dicevi che il pane degli altri ha sette croste e poi ancora una, ed era per questo che avevi evitato un lavoro da dipendente.

Ripetevi: «Preferisco dipendere da me stesso e ti assicuro che sono più esigente di cento padroni messi insieme». Non ho mai osato dirti che eri totalmente dipendente dalla mamma, che era più autoritaria di cento padroni messi insieme.

Quand'ero piccola, ricordo che eri sempre in giro per vigneti. Andavi nell'Oltrepò, in Piemonte, in Emilia, nel Veneto. Comperavi il vino quando l'uva era ancora sulla pianta. Avevi una rete di clienti fedelissimi. Eri un uomo felice.

Hai liquidato il tuo commercio di vini, che ti piaceva tanto, per accontentare la mamma che voleva avere un marito industriale di cui gloriarsi. Eri eroico nel volerla sempre assecondare.

Per anni hai fatto un mestiere che non ti piaceva, per il quale non avevi alcuna inclinazione.

Con tuo cognato e il signor Macchi avevate aperto la MILVA, una ditta che produceva macchine per trasformare il vetro in fiale per l'industria farmaceutica e provette per i laboratori d'analisi mediche. All'inizio, gli affari andavano bene. Poi, altri avevano copiato il vostro brevetto e producevano macchinari identici a prezzi inferiori causando un grosso danno alla MILVA.

Gli anni passavano, la ditta andava sempre peggio ma non ti lamentavi mai. Mi eri d'esempio e così anch'io facevo, senza lamentarmi, un lavoro che non mi piaceva e mi sentivo orgogliosa di contribuire al magro bilancio famigliare.

Qualche volta mi chiedevi: «Va meglio con il lupo Soria?».

«Alla grande. Sto sempre zitta», rispondevo.

Sapevo di essere una segretaria disastrosa, disordinata e caotica. Però i fornitori francesi e cecoslovacchi, che conoscevo solo attraverso il telefono, parlavano bene di me al signor Soria: «Monsieur Blandin mi ha detto che è un piacere parlare con lei. Questo non era mai accaduto con la segretaria precedente», mi riferiva. Oppure: «Come ha fatto a convincere il signor Hansbach a ridurre ulteriormente il prezzo del malto?».

«Gli ho semplicemente chiesto se voleva farmi felice. Chiedere è lecito, vero?», gli domandavo, esitante, temendo di avere sbagliato.

Lui scuoteva il capo e brontolava: «Certo che se fosse anche più ordinata e professionale...».

Mi aveva battezzata "signorina Saltaruscelli" perché non stavo mai ferma e passavo dal telefono alla macchina da scrivere, all'archivio seminando il caos.

Una volta gli domandai che bisogno avesse di fare la cresta sulle spese di viaggio ogni volta che andava a Roma, in Sicilia, nel Trentino o all'estero, dal momento che erano sempre soldi suoi.

Mi rispose che servivano a rimpinguare la sua riserva aurea segreta; seppi dopo che era nota a tutti.

Ricordo che una mattina sua moglie Finny (si chiamava Serafina) mi chiamò per chiedermi qualcosa e infine domandò: «Di che umore è mio marito, stamattina?».

«Pessimo», risposi.

Lei sospirò e disse: «Ieri sera ha fatto le ore piccole al bridge con i Pagani e i Mandelli e ha perso. Per fortuna sono tutti amici e nessuno di loro gioca grosse cifre, anche perché tutti quanti hanno una loro riserva aurea che è limitata».

Con gli anni ho imparato che gli uomini, tranne rare eccezioni, non sanno mentire, a differenza delle donne che invece sono abilissime nel farlo.

Caro papà, tu eri incapace di raccontare bugie. Ho invece il sospetto che la mamma praticasse egregiamente questo esercizio, sebbene ripetesse spesso: «Io sono la bocca della verità. Mi cascassero gli occhi, se non è vero».

«Mamma, hai un occhio che sta uscendo dall'orbita», scherzai una volta, con sottile perfidia. Poi scoppiai a ridere quando la vidi portarsi una mano agli occhi, preoccupata.

Comunque in quel periodo mi sentivo in colpa perché, nonostante la mia buona volontà, non riuscivo a diventare una segretaria perfetta.

Non passava giorno senza che il signor Soria rilevasse i miei errori. Per non parlare delle gaffe che lo mettevano in imbarazzo.

Lui e sua moglie, una sera, mi invitarono a cena a casa loro perché li aiutassi a intrattenere un cliente di

Lione e la sua consorte. I Soria avevano una bella casa in via San Primo, sull'angolo con corso Venezia. Il loro cameriere aveva servito i piatti preparati dallo chef del ristorante Girarrosto. I due francesi erano simpatici e loquaci e la cena era un'occasione per cementare il rapporto tra cliente e rappresentante. L'atmosfera era rilassata e, a un certo punto, vai a sapere perché, tirai in ballo "l'argent de poche", come a quei tempi erano chiamate le tangenti che inviavo al direttore commerciale dopo ogni transazione.

Scese un silenzio imbarazzato e lo sguardo inferocito del signor Soria mi disse che l'avevo combinata grossa. Avvampai, mentre desideravo scavare una fossa per potermici sotterrare.

Fu lo stesso cliente a togliermi dall'imbarazzo con una bella risata, seguita da un commento tranquillo.

«Cher Monsieur Sorià», esordì, «l'argent de poche che il mio direttore commerciale riceve da lei è lo stesso che prende da altri fornitori. Io lo so, lui sa che io so e, dopo cinque anni che sta con me, non mi ha mai chiesto un aumento di stipendio. Finché pagate voi, pago meno io».

Io non pensavo di aver svelato un segreto perché in ufficio se ne parlava con disinvoltura e, in tutte le transazioni commerciali, le mance venivano largamente distribuite.

Per quanto ne sapevo, anche tu, caro papà, regalavi ai tuoi clienti, per Natale, capponi, fagiani, panettoni e vini.

Ricordo che ogni volta nascevano litigi con tuo cognato che li considerava spese inutili e capitava che pagassi di tasca tua per stemperare la tensione tra voi.

Detestavi le liti, ma quando ti arrabbiavi sbottavi con quattro parole secche e feroci. Poi ti calmavi e dimenticavi. Che bel carattere, avevi! Quando tornavi a casa inferocito con tuo cognato, ti sedevi a tavola, cenavi e sorridendo raccontavi qualche storia allegra e poi ti rifugiavi nel letto a leggere.

La lettura, per te come per me, è stata sempre una grande evasione.

Un sabato sera eravamo usciti insieme, tu e io, per andare al cinema. Strada facendo, tornasti alla tua domanda ricorrente.

«Come va con il lupo Soria?».

Avrei voluto risponderti: «Ogni volta che vado in ufficio mi sembra di andare al patibolo. Fuori c'è la vita, lì dentro mi sento morire». Invece dissi: «Bene».

«Davvero?».

«Non potrebbe andare meglio, anche perché nessuno terrebbe una segretaria disastrosa come me».

«Lo so che hai altre aspirazioni, ma il tuo aiuto è importante per noi», sussurrasti.

«Lo so benissimo. Il fatto è che vorrei scrivere, raccontare storie come quelle dei romanzi che ci piace leggere».

«Potresti fare la giornalista», dicesti tu.

Mi attraversò la mente una annotazione fulminante di Leo Longanesi: "Il giornalista è uno che non sa fare niente".

«Chi mai mi assumerebbe?», chiesi perplessa.

«Non lo so. Ma sono certo che, se vuoi davvero qualcosa, prima o poi l'avrai».

IV

Caro papà, sono state proprio queste tue parole a farmi prendere una decisione.

Avevo capito da un pezzo che il signor Soria e sua moglie non mi avrebbero mai licenziata perché si erano affezionati alla "signorina Saltaruscelli". Non avevano figli e con me appagavano il loro bisogno di genitorialità. Spesso, la domenica, mi invitavano in gita con loro. La signora Finny, di tanto in tanto, mi offriva piccoli doni, mi guardava con tenerezza e diceva: «Avrei tanto voluto avere una figlia!».

Non volevano rendersi conto di quanto mi andasse stretto il lavoro ripetitivo e arido che svolgevo quotidianamente. Mi occupavo di orzo, malto, luppolo, macchine imbottigliatrici, macchine etichettatrici, tappi a corona e tappi a vite, di interlocutori con cui parlavo spesso senza sapere che facce avessero e di lettere commerciali fatte di offerte e controfferte, con tanti distinti saluti. Nient'altro.

Alle sei uscivo dall'ufficio e mi aspettavano due ore di ripetizioni private ai ragazzini delle medie. Lo facevo perché la mamma, alla quale consegnavo il mio stipendio, mi lasciava il denaro delle lezioni e, con quello, pagavo le mie spese personali. Alle dieci di sera mi addormentavo esausta.

Fuori di casa e dall'ufficio c'era il mondo da esplorare, ma io vivevo isolata da tutto e da tutti. Tranne la domenica, quando incontravo il mio ragazzo oppure andavo in gita con i Soria. Il sabato sera, invece, andavamo al cinema tu e io.

E allora parlavamo un po' tra noi, soprattutto dei libri che stavamo leggendo. Te li ricordi i romanzi di Jack London? Mi avevi insegnato ad amarli fin da quand'ero ragazzina. Su tutti, mi aveva colpito *Il vagabondo delle stelle*, che raccontava la storia del professor Darrell Standing, imprigionato ingiustamente, torturato, messo in isolamento e legato con la camicia di forza, da cui aveva imparato a liberarsi uscendo da se stesso per guardarsi da fuori e vagare con la mente dove voleva.

Ecco, nelle lunghe ore che trascorrevo in ufficio capitava spesso che, come il professor Standing, uscissi da me stessa, dalle stanze buie al piano rialzato di quel vecchio palazzo, e la mia mente vagasse verso mondi che esistevano solamente nella mia immaginazione, vivendo avventure improbabili e affascinanti.

«Signorina Saltaruscelli, che fa? Il telefono suona e lei sta sognando a occhi aperti. Sveglia!», tuonava il lupo Soria.

Avvertivo uno strappo nell'anima e riprendevo a lavorare, sentendomi umiliata per essere stata colta a vagabondare tra le stelle.

La mia vita, in quel periodo, era una frustrazione continua. Non te lo dicevo perché anche tu, caro papà, eri frustrato quanto me, ma né tu né io riuscivamo a confessarcelo. Tu non volevi farmi soffrire e io non volevo addolorarti.

Poi venne il giorno in cui qualcuno, non ricordo chi, mi parlò di un'importante galleria d'arte che cercava una segretaria che conoscesse bene il francese e l'inglese.

Qualche settimana prima avevo inoltrato una richiesta di assunzione, come hostess, all'Alitalia, allegando due fotografie, una del viso e una a figura intera, oltre al mio curriculum di studi.

Pochi giorni dopo mi arrivò per posta l'invito a un colloquio. Allora ne parlai con te e con la mamma.

«Una figlia che va in giro da sola per il mondo, a dormire chissà dove e chissà con chi, non la voglio», sentenziò la mamma.

Avevo smesso da tempo di farmi ferire dai suoi giudizi e non considerai la sua risposta.

Tu stavi zitto e intanto leggevi la lettera che l'Alitalia mi aveva scritto. Poi dicesti: «Vuoi davvero lasciare il lupo Soria per andare a fare la cameriera? Penso che servire pasti e bevande a diecimila metri di altezza, piuttosto che in un bar di piazza Cavour non cambi la realtà di questo lavoro».

Mi avevi convinto e declinai l'offerta.

Invece decisi di contattare la galleria. Era sempre un lavoro di segreteria, ma almeno ci si occupava di opere d'arte. Continuavo a sognare di poter scrivere, ma avevo bisogno di portare a casa uno stipendio. Telefonai, mi presentai e venni assunta.

Mentre varcavo per l'ultima volta la soglia dell'ufficio del signor Soria, pensavo alla signora Finny che mi diceva teneramente: «Avrei tanto voluto avere una figlia!».

Ricordavo che il signor Soria, nonostante tutte le arrabbiature che gli provocavo, mi guardava con aria benevola e mi sentii una traditrice.

Comunque, mi feci forza e li tradii.

Nella galleria, lavorai con uno tra i più famosi mercanti d'arte di quel tempo: Carlo Cardazzo. Era un veneziano che, dopo aver avviato nella sua città la Galleria del Cavallino, si era trasferito a Milano per aprire la Galleria del Naviglio, in via Manzoni.

Cardazzo aveva una figura imponente, il viso largo, piatto, le labbra nascoste in parte da un vistoso paio di folti baffi, gli occhi algidi, l'eloquio avaro, tutto l'opposto del signor Soria che parlava senza sosta. Teneva costantemente la pipa tra le labbra, sia che la fumasse sia che fosse spenta. Non sorrideva quasi mai e, più che parlare, sussurrava. Era abbastanza antipatico, ma non mi importava, perché il lavoro che svolgevo nella sua galleria era decisamente più interessante di quello che avevo lasciato.

Non sapevo che Cardazzo fosse considerato il guru dell'arte contemporanea e che una sua parola potesse decretare il successo o il fallimento di un artista. Non sapevo neppure che fosse editore di poeti affermati e amico intimo di Peggy Guggenheim, famosa collezionista d'arte nota in tutto il mondo. Il mio capo, che era ricchissimo e molto avaro, diventava dolce e docile con la sua compagna, Milena Milani, una scrittrice che si dedicava anche alla creazione di ceramiche artistiche.

Non conoscevo quel mondo nel quale mi apprestavo a entrare come segretaria.

Cardazzo mi disse subito che il mio lavoro consisteva nel battere a macchina le lettere che scriveva ad altri galleristi, agli artisti stranieri che rappresentava in Italia e ai mercanti d'arte in Europa e in America. Per questi ultimi dovevo tradurre le sue minute in francese o in inglese. Dovevo rispondere al telefono solo quando lui era assente e, per fortuna, non dovevo tenere nessun registro contabile.

Mi avrebbe pagata in nero e questo non mi piacque.

«Farà comodo anche a lei, perché non avrà nessuna trattenuta sullo stipendio», mi annunciò. Abbozzai senza protestare.

Nella Galleria del Naviglio si entrava direttamente da via Manzoni. Era un vasto corridoio bianco che si concludeva con due gradini che portavano a uno spazio utilizzato come ufficio. Lungo le pareti erano appesi quadri astratti di grandi dimensioni.

La prima mattina di lavoro li osservai mentre dall'ingresso percorrevo la galleria in punta di piedi, come se stessi inoltrandomi lungo la navata di una cattedrale, diretta verso il fondo dove, invece dell'altare, campeggiava l'imponente scrivania di Cardazzo. Al posto del gallerista, c'era un ometto sulla sessantina, dall'aspetto modesto, gli occhi maliziosi. Indossava un camice nero e si presentò dicendo: «Io sono Lino, l'uomo tuttofare. Lui arriverà più tardi. Lei è la nuova segretaria, vero?».

Annuii. Non gli dissi come mi chiamavo, né lui me

lo domandò. Invece affermò: «Qui le segretarie arrivano e se ne vanno. Auguri».

«Grazie per l'incoraggiamento», replicai sorridendo e mi guardai intorno per capire dove mettere il cappotto che mi stavo togliendo.

V

Caro papà, tu che mi conosci bene sai che, più che dalla ragione, io mi sono sempre lasciata guidare dall'istinto. Tant'è che mi rimproveravi spesso di essere poco razionale. E io ti rispondevo: «Senti da che pulpito viene la predica». Perché è vero che eri molto intelligente e ragionavi meglio di me, ma quando si trattava di sentimenti mettevi a tacere la tua capacità analitica e reagivi solo d'impulso.

Per la verità l'istinto mi ha sempre guidato sulla strada giusta, tranne in una occasione in cui, a vent'anni, ho fatto un errore pazzesco le cui conseguenze pesano ancora sulla mia esistenza. Comunque, decisi di lavorare nella galleria di Cardazzo, perché ero convinta che potesse rappresentare una tappa inevitabile, anche se poco significativa, della mia vita.

Intuii subito che l'ometto tuttofare della galleria era il servo del padrone e decisi di parlargli il meno possibile.

Lui mi mostrò l'armadietto a muro in cui riporre borsetta e cappotto.

«E questo è l'archivio ufficiale», spiegò, strizzandomi l'occhio, a significare che ne esisteva anche uno ufficioso, ma non era lì. Mi consegnò poi una serie di ricevute di pagamento delle utenze di telefono, gas, luce, dicendo: «Le ho pagate stamattina e lei deve inserirle in questo classificatore. Quest'altra ricevuta, invece, va inserita nel classificatore dove c'è scritto "Savona". È quella delle rimesse mensili alla madre della signora Milani che vive, appunto, a Savona».

Vidi le copie carbone di lettere firmate sempre «La Segretaria», che a nome del signor Carlo Cardazzo inviava alla signora di Savona un "assegno di mantenimento" che era tre volte il mio stipendio. A ogni copia era spillata la ricevuta della lettera raccomandata.

Allegai all'ultima quella che il tuttofare mi stava consegnando, mentre mi diceva: «Ogni mese lui le consegnerà un assegno e lei dovrà spedirlo con una lettera raccomandata», mi ripeté.

Allora non mi trattenni dal chiedergli se la destinataria di quello stipendio fosse una dipendente che lavorava fuori sede.

Lino strizzò l'occhio un'altra volta e rispose: «È la madre della signora Milena Milani. Non sa chi è Milena Milani?».

Non lo sapevo, ma non feci domande. Non per questo lui smise di fornirmi spiegazioni.

«È una scrittrice e anche un'artista. Ad Albissola c'è l'atelier del Cardazzo e lì la Milani crea le sue piastrelle artistiche».

Andò avanti a parlare, ma io non lo ascoltai. Mi ero soffermata sulla parola "scrittrice". Così gli domandai: «Che cosa scrive?».

«Ha pubblicato un romanzo e ne sta scrivendo un altro. È la convivente del signor Cardazzo. La conoscerà».

«Magari!», esclamai. Non avevo mai incontrato una scrittrice. Mi ripromisi di andare in libreria a cercare il suo libro. Sempre con fare maliziosamente ammiccante, il tuttofare proseguì: «Per stare con lei, il Cardazzo ha rotto i ponti con tutta la sua famiglia, perché i veneziani la odiano. È per causa sua che ha lasciato il Cavallino, affidandolo a suo fratello Renato, e ha aperto il Naviglio a Milano».

Non mi trattenni dal sussurrare: «Dev'essere un grande amore».

Il tuttofare era deciso a stuzzicare la mia curiosità e io ero altrettanto decisa a non lasciarmi coinvolgere nel suo gioco. Discesi i due gradini che conducevano alla galleria e la percorsi lentamente, osservando i dipinti appesi alle pareti. Feci appello ai miei tre anni di studio di storia dell'arte per scovare qualche nozione dimenticata sulla pittura moderna e tutto quello che mi venne in mente furono le parole della mia insegnante che l'aveva liquidata con una frase lapidaria: «Sgorbi senza costrutto che simboleggiano la confusione di questa modernità sgangherata e volgare».

I suoi insegnamenti si erano fermati a Tommaso Marinetti, "un esibizionista, verboso e dissoluto, come tutti i futuristi".

Ricordo che aveva dedicato due lezioni alla *Pietà Rondanini* di Michelangelo e altre due ad artisti come Paolo Veronese e Sofonisba Anguissola. Il Rinascimento era l'epoca che prediligeva ed era riuscita a farcelo amare. Aveva speso poche parole sul Settecento illustrandoci le opere di Canaletto e quelle dei Guardi. Aveva liquidato velocemente Goya e i fiamminghi e aveva definito Van Gogh "un pazzo sfrenato".

Insomma, osservando le tele esposte in galleria, mi ero resa conto di non sapere niente di questi "sgorbi senza costrutto", giudizio che, tutto sommato, condividevo pur sapendo che era dettato, per quanto mi riguardava, dall'ignoranza.

«Le conviene sedersi al suo posto, perché tra poco lui scende», disse Lino, interrompendo il mio giro d'ispezione.

Quell'ometto mi era davvero antipatico. Tuttavia mi sforzai di non lasciar trapelare questo sentimento.

«Perché, se non mi trova seduta, cosa succede?», gli domandai sorridendo.

«Gli piace l'ordine. Non lo dice, ma so che è così», spiegò.

Intanto, con un piumino, andava spolverando gli scaffali e la scrivania.

Sedetti al tavolino su cui era posata la macchina per scrivere e cominciai a ispezionare i cassetti.

Tra risme di carta con l'intestazione "Galleria del Naviglio", buste, gomme per cancellare, penne, matite, graffette e timbri, c'era anche una piccola foto in bianco e nero che ritraeva Lino, tutto impettito nella sua vestaglia nera, accanto a una signora alta, sottile, sorridente, non giovanissima, sulla soglia della galleria.

«Questa è sua?», domandai all'ometto.

«Veramente era della signora Francesca, la segretaria che lei è venuta a sostituire. Gliela avevo regalata. Si vede che l'ha dimenticata», spiegò, con una punta di amarezza.

«È meglio che la tenga lei», dissi.

Lui se la infilò in tasca, sussurrando: «Le donne... pensi che si affezionino e invece...». Era rattristato e gli sorrisi, anche se non smetteva di essermi antipatico.

Allora colse la palla al balzo per guardarmi con fare malizioso mentre estraeva dal suo portafogli un'altra foto. Me la porse dicendo: «Questo sono io, quand'ero militare in Abissinia. E queste erano le mie mogli».

Vidi l'ometto, più giovane, più magro, in divisa da soldato, l'aria tronfia del conquistatore, attorniato da una decina di ragazzine a seni nudi, le gonnelline di paglia, che guardavano stralunate l'obiettivo.

«Me le infornavo tutte, tutti i santi giorni. Questa qui, la più vecchia, aveva quindici anni. Certe tette... sembravano marmo. Dopo, una lavata, un'asciugata, e via. Bei tempi, quelli!».

Gli restituii la foto senza nascondere il disgusto per quell'immagine di cui lui andava fiero e che a me raccontava una storia drammatica di violenza, di inciviltà e di vigliaccheria. Mi vergognai per lui.

Questa storia, caro papà, te la raccontai una sera, mentre andavamo al cinema. Ricordo che dicesti: «Sono contento di non essere andato in guerra. Gli italiani hanno fatto cose davvero brutte in Africa e quello che mi disgusta ancora di più è che questi maiali venivano incoraggiati dai loro superiori».

Io ero contenta che tu non fossi andato in guerra perché avresti fatto a cazzotti con i tuoi compagni d'armi e avresti avuto la peggio. Questo, però, non te lo dissi.

VI

Caro papà, ora è autunno. Guardo il giardino dalle finestre della nostra cucina mentre preparo una macedonia di frutta fresca: uva rossa e bianca, mirtilli, ananas, banane e dolcissime pere "abate". Come faceva la mamma, anch'io sbuccio i chicchi d'uva a uno a uno e li privo dei semi.

Il giardino, bagnato da una pioggerella svogliata, rabbrividisce a questi primi freddi sotto un cielo grigio. L'acero giapponese, addossato al vecchio muro di cinta, sta perdendo il verde brillante delle foglie, che stanno tingendosi di rosso. Le ortensie, che in estate mi avevano regalato i loro magnifici colori blu e rosa, sono diventate verdi e incominciano a sbiadire. In compenso spuntano già le prime gemme degli ellebori e quelli delle camelie giapponesi, che sbocceranno quando sarà inverno pieno.

Devo dirti che non ci sono più le tue bellissime dalie rosse e gialle che curavi con tanto amore. Tu ne dissotterravi i tuberi quando iniziavano i primi geli, li allineavi con della paglia in alcune cassette di legno che ricoveravi in cantina, per tornare a interrarli a primavera.

È un lavoro noioso e stancante e io non avevo più voglia di farlo. Invecchiando, sono diventata pigra.

Perdonami. Però, come sai, le dalie mi piacciono molto e, quando le trovo dal fioraio, non resisto alla tentazione di comperarne un gran mazzo che poi distribuisco in due o tre vasi e, per qualche giorno, rallegrano la cucina e il mio studio. Purtroppo le trovo raramente, perché anche i fiori assecondano la legge perversa delle mode. Da tempo, ormai, le dalie non usano più.

Non immagini quanto sia cambiato il nostro mondo da quando te ne sei andato. E devo dirti, caro papà, che non è cambiato in meglio.

Il cinismo, l'arroganza, il malaffare dilagano in modo allarmante. Basta andare per la strada, sui mezzi pubblici, al supermercato, per constatare che la gente ha smesso di essere felice. Noi, pur tra mille affanni, riuscivamo a esserlo. Ci bastava un niente per sorridere. Adesso non sorride più nessuno. Da quando te ne sei andato, giorno dopo giorno, il mondo del lavoro e quello della politica sono franati. Il nostro è diventato un Paese di gente che si odia, che si disputa una poltrona al governo e la rissa è diventata una prassi, esaltata dai media. Se tu vedessi certi spettacoli televisivi, ti vergogneresti constatando quanto siamo caduti in basso. Il fatto è che questi contendenti non credono in quello che affermano perché sanno benissimo di essere dei mentitori. Te le ricordi le sane litigate del dopoguerra tra fascisti, democristiani e comunisti? Si accapigliavano credendo fermamente in ciò che dicevano e facevano. Ecco, quella gente di fede non c'è più. La menzogna e l'ipocrisia regnano sovrani. Tu capisci che c'è ben poco di cui sorridere.

Penso con amarezza ai miei nipoti e mi domando con sgomento quale futuro li aspetta quando avranno concluso le scuole e si affacceranno al mondo del lavoro.

Cinquant'anni fa, in Italia, non c'erano più mendicanti. Adesso li incontri a ogni angolo di strada, nella nostra periferia come nei quartieri del centro. Lo sai che sono tornati di moda i magliari? Quand'ero bambina ed era da poco finita la guerra, i magliari andavano di casa in casa a vendere soprattutto le stoffe di lana. Ma già all'inizio degli anni cinquanta erano scomparsi. Ora sono tornati e li trovi perfino nelle aree di sosta delle autostrade a vendere capi d'abbigliamento rigorosamente griffati e autenticamente taroccati. È tornato a fiorire anche il gioco delle tre carte e c'è sempre l'allocco di turno. È cominciata da un pezzo la battaglia tra poveri, che tentano di fare soldi fregando il vicino.

Il fatto è che viviamo una crisi profonda e mancano denaro e lavoro. Cinquant'anni fa, invece, c'era lavoro per tutti e io, appena approdata alla Galleria del Naviglio, avevo già voglia di andarmene dopo l'incontro imbarazzante con l'ometto tuttofare, reso ancora più avvilente dalla comparsa del mitico Cardazzo che rispose quasi con fastidio al mio saluto.

«Lino le ha spiegato qualcosa?», mi domandò stringendo la pipa tra i denti.

Non aspettò nemmeno che gli rispondessi. Raggiunse la sua monumentale scrivania e iniziò una serie di telefonate, mentre io sedevo davanti alla mia Olivetti, senza sapere che cosa fare.

Di tanto in tanto entrava qualcuno in galleria e io, senza che mi venisse detto, gli andavo incontro sorridendo, gli mettevo in mano una "brochure" delle opere esposte e suggerivo l'eventuale acquisto del catalogo che comprendeva l'intera opera dell'artista. I cataloghi, piuttosto costosi, erano curati e stampati dalla casa editrice Il Cavallino, di proprietà di Cardazzo.

Il visitatore o la visitatrice, dopo uno sguardo fuggevole alle tele, se ne andava senza nemmeno salutare.

Il mercante mi disse: «È fiato sprecato. Quelli entrano per far passare il tempo. Lasci perdere perché non capiscono niente».

«Veramente non capisco niente neppure io», sussurrai.

Lui non si diede la pena di rispondermi.

Mentre rincasavo per l'intervallo del pranzo, avvilita per la mia inutilità in quel luogo, decisi che mi sarei data un mese di tempo per capire se valeva la pena restare, perché non accettavo di ricevere uno stipendio in cambio di nulla e non avrei avuto problemi a trovare un altro impiego. In casa non dissi niente e, invece, maledissi la mia inclinazione a coltivare grandi aspettative che non avevano riscontro nella realtà.

La situazione cambiò lentamente nel corso dei giorni e, dopo un mese, scoprii che intorno al Naviglio gravitavano artisti e intellettuali importanti, che Cardazzo era un personaggio influente e andava preso così com'era.

Sempre molto lentamente, il gallerista cominciò a

rivolgermi la parola guardandomi come un oggetto che gli stava diventando familiare. Intanto mi passava bozze di lettere che dovevo tradurre in inglese o in francese e spedire ai mercanti stranieri. Così iniziai a scoprire i nomi e le opere, che lui mi mostrava sui cataloghi, di Alexander Calder, autore di sculture in movimento che avevano quotazioni altissime, di Vasilij Kandiskij, un russo che sosteneva l'importanza del sentimento nella creazione artistica, dello spagnolo Antoni Tàpies del quale Cardazzo parlava con venerazione.

La galleria, quasi sempre deserta, si animava nel secondo pomeriggio quando, intorno alle cinque, vi confluivano gli artisti che la consideravano un punto d'incontro. Imbastivano tra loro discussioni animate di cui io non capivo assolutamente niente, ma li ascoltavo affascinata dal loro modo di accalorarsi intorno a un pensiero espresso da un certo artista nella sua ultima opera o alle parole di un certo critico su un'altra.

Cardazzo sedeva impassibile dietro la sua scrivania, mandando sbuffi di fumo dalla sua pipa. A un certo punto si alzava in tutta la sua imponenza, scendeva i due gradini che lo separavano dalla galleria, si avvicinava a loro e diceva poche parole. Più che dire, sussurrava. Allora tutti tacevano e si inchinavano alla sua opinione, che era inappellabile. Così imparai a conoscere Roberto Crippa, Emilio Scanavino, Giuseppe Capogrossi, Tancredi, Lucio Fontana e tanti altri pittori e scultori.

Nel corso del tempo, alcuni di loro mi regalarono

un disegno. Anche Lucio Fontana mi regalò uno dei suoi "tagli".

Caro papà, io li portavo a casa e te li mostravo. Tu li guardavi e non dicevi niente. Aspettavi che ti dicessi che cosa significavano. Io non riuscivo a darti nessuna spiegazione, tuttavia, sapendo che le opere avevano quotazioni altissime, le facevo incorniciare ed ero grata agli artisti che, con un sorriso, le avevano regalate a una insignificante segretaria come me.

Poi venne il giorno in cui Lucio Fontana mi svelò, prendendola un po' alla lontana, com'era nata l'arte spaziale. Allora mi si spalancò un mondo.

VII

Lucio Fontana era un signore di mezza età che trovavo affascinante perché assomigliava vagamente a Clark Gable, un attore americano che piaceva molto in quegli anni. Se non fosse stato per la calvizie del primo, i due sarebbero sembrati fratelli: viso tondeggiante, baffetti malandrini e sguardo ironico, un po' duro, un po' tenero.

Una mattina si presentò in galleria quando c'erano i soliti visitatori sfaccendati e parlò con Cardazzo. Poi si rivolse a me e disse: «Posso invitarla a farmi compagnia per un caffè?».

Io guardai il gallerista come a chiedergli il permesso di uscire, e lui emise un grugnito di consenso.

Così mi alzai dal mio tavolino e risposi: «Grazie, maestro».

Mi infilai il cappotto e lo seguii al bar-tabacchi sull'angolo tra piazza Cavour e il porticato all'inizio di via Manzoni.

Lui prese a sorseggiare il suo caffè senza zucchero con evidente soddisfazione.

«La prossima volta, lo provi amaro. Lo zucchero ammazza l'aroma del caffè», mi consigliò.

Mi ci sono voluti più di cinquant'anni per seguire il suo suggerimento. Aveva ragione lui.

Sapevo che i suoi quadri erano nelle case dei grandi collezionisti e in quelle dei ricchi signori che le comperavano per conferire prestigio alle loro abitazioni. Non capivo perché i suoi tagli valessero tanto. Glielo dissi, un po' esitante, aspettandomi una rispostaccia. Invece lui mi offrì un sorriso carezzevole e, prendendomi sottobraccio, mentre lasciavamo il bar, disse: «Deve sapere, cara ragazza, che io sono nato in mezzo all'arte. Ho avuto una madre attrice e un padre scultore. Sono nato in Argentina e i miei genitori mi hanno portato in Italia quando avevo sei anni. Ho studiato a Milano, dove ho frequentato l'Accademia di Brera. Un giorno, se verrà a trovarmi nel mio studio, le mostrerò i miei primi lavori. Sono opere figurative. Tutti noi artisti di oggi veniamo da puntigliosi studi della figura, come Picasso, che era un figurativo di rara maestria. Le mostrerò i miei crocefissi. Sono piuttosto belli. Mi piacerebbe farle uno schizzo, perché le sue linee sono davvero armoniose».

A queste ultime parole mi ritrassi come una tartaruga nel carapace. Sebbene non avessi replicato, lui avvertì il mio irrigidimento. Si fermò, mi lasciò il braccio e, fronteggiandomi, precisò con serietà: «Guardi che io non ho mai fatto proposte equivoche a nessuno. Senza contare che lei ha un'aria troppo rispettabile per suscitare brutti pensieri».

Arrossii rassicurata e, riprendendo a camminare, lui proseguì: «Allora, dov'eravamo rimasti?».

«Ai suoi crocefissi», risposi.

«C'è da dire che, a un certo punto, ogni artista sente il bisogno di cercare la propria forma espressiva, ma questo accade quando si è imparato a copiare alla perfezione i quadri dei grandi pittori che sono venuti prima di noi. Non puoi diventare un musicista se prima non hai studiato le opere dei grandi compositori classici. I miei tagli sono il risultato di una ricerca di anni e anni. Cardazzo le ha spiegato come sono nati?».

«No, non me lo ha detto», risposi.

«Glielo racconto io. A un certo punto dovevo dargli una serie di quadri, per una mostra che avevamo programmato. Ero in crisi perché non trovavo l'ispirazione e, intanto, lui mi tempestava di telefonate. "A che punto sei?", domandava. Immagini se potevo dirgli che ero nel panico, che non avevo nemmeno una tela da dargli. "A buon punto", rispondevo e chiudevo la comunicazione. La data della mostra si avvicinava, lui doveva far stampare gli inviti e io non avevo niente da dargli. In quei giorni avevo perfino smesso di mangiare. Stavo malissimo, non rivolgevo più la parola nemmeno a mia moglie. Mi ero barricato nello studio. Tutto quello che riuscivo a fare, era passare una mano di bianco sulle tele e stavo lì a fissarle, aspettando che quel bianco abbacinante mi parlasse. Invece, niente. Nella mia testa c'era il vuoto assoluto. Finché un giorno mi sono messo a piangere come un bambino isterico. Avevo in mano un taglierino e l'ho scagliato con forza contro una tela. Era ancora umida e la lama ha aperto uno squarcio netto, verticale, i cui bordi si sono ripiegati. Mio Dio! Che taglio meraviglioso! Era un miracolo, cara ragazza, perché dietro quella fessura c'era il cartone nero che copriva il cavalletto. Ho smesso di piangere e, colmo di stupore, mi sono avvicinato a quella tela. Non so che cosa mi stava succedendo, ma è un fatto che sono rimasto senza fiato, perché, senza volerlo, avevo praticato un'apertura verso l'infinito, al di là delle stelle, dove c'è soltanto il buio, il silenzio». Tacque per qualche istante e poi sussurrò: «Dove c'è Dio».

Sull'angolo tra via Manzoni e via della Spiga, Fontana mi guardava senza vedermi, il viso illuminato da una luce che non gli avevo mai visto. Lo osservai in silenzio. Quel signore maturo, dal viso un po' sciupato, mi aveva parlato come un mistico ispirato da Dio.

«Il taglierino, guidato dalla mia disperazione, mi aveva fatto intravedere quella che noi chiamiamo eternità. Riesce a capirmi? Vede, cara ragazza, l'aspirazione di ogni artista è la ricerca dell'assoluto. Io l'avevo trovato».

Mi commossi, non riuscivo a credere che Lucio Fontana avesse aperto la sua anima proprio a me, l'insignificante segretaria della Galleria del Naviglio.

«Oh, Signur! Cosa mi combina questa ragazza?», domandò Fontana, con fare paterno.

Mi asciugai una lacrima e sussurrai: «Maestro, la ringrazio tanto per quello che mi ha raccontato».

Lui mi prese di nuovo sottobraccio e disse: «Mi accompagni dal macellaio, perché devo comprare due belle costate di manzo per questa sera».

Oltre cinquant'anni fa, in via della Spiga, non c'erano i negozi degli stilisti e le boutique. Era soltanto una delle antiche vie di Milano costellata di case di ringhiera in cui abitavano i negozianti, gli artigiani, gli intellettuali, gli artisti. C'era la merceria accanto alla macelleria, la bottega del ciabattino accanto alla galleria d'arte, la modista accanto al salumiere, la cartoleria accanto alla bottega del cestaio. C'era il negozio storico del librario Cesarino Branduani e quello del corniciaio, dove portavo i bozzetti che gli artisti mi regalavano per farli incorniciare. Gli scrittori e i giornalisti, con i critici letterari e i lettori, la sera si ritrovavano a chiacchierare nella libreria. Camminando con Fontana per raggiungere la macelleria, ripensai a quando una volta ero entrata nella libreria di Branduani e vi avevo trovato Vincenzo Cardarelli. Mi ero avvicinata a lui e gli avevo detto: «Maestro, posso recitarle due dei suoi versi?».

«Sentiamo», aveva risposto lui, incuriosito.

«Parlano del volo dei gabbiani: "Io son come loro, in perpetuo volo. La vita sfioro, come essi l'acqua, ad acciuffare il cibo". Sono versi bellissimi».

«Perché le piacciono?», aveva domandato, senza nascondere un sorriso compiaciuto.

«Perché esprimono la frustrazione di non riuscire ad afferrare la felicità, quando la si sfiora. Come succede a me».

Mi aveva fissato con il suo sguardo limpido, intenso, e il suo viso solcato dai segni della vecchiaia si era illuminato.

Lucio Fontana e io eravamo davanti alla macelleria, entrammo e mi stupii che lui non chiedesse al negoziante di eliminare il bordo di grasso che faceva da corona alle due grosse costate che stava comperando. Glielo feci notare e lui si scandalizzò: «Te capiset nient. El grass l'è el so bun», dichiarò con la sua bella parlata milanese e si profuse in una spiegazione minuziosa sul modo di cuocere la carne, sostenendo che lo strato di grasso, sciogliendosi al calore del fuoco, la ammorbidiva e ne esaltava il sapore.

Mentre tornavamo lentamente verso la galleria, gli domandai: «Maestro, che cosa è accaduto dopo la scoperta dell'infinito?».

«Prima devo spiegarle che cos'è un artista. L'artista è come uno scienziato. Tutti e due aspirano ad arrivare al di là di quello che già sanno e non arrivano mai a una nuova scoperta per caso, ma dopo una lunga ricerca. Io mi ero disperato e avevo pianto perché ero bloccato. Alla fine è arrivato quel taglio, netto, deciso, crudele. Ho trascorso la notte a ridipingere le tele, tagliandole una dopo l'altra quand'erano ancora umide di pittura, rapito da una gioia che non avevo mai conosciuto, in preda a un delirio che mi faceva ridere e piangere e ringraziare Dio per avermi aperto uno squarcio sul mistero dell'eternità. A un certo punto, nel mio atelier irruppe la luce del giorno. Barcollando, mi buttai sull'ottomana e caddi in un sonno profondo. Mi svegliò mia moglie molto preoccupata, non avendomi visto rientrare la sera prima.

«Oh Gesù, hai una febbre da cavallo!», mi disse sfiorandomi la fronte e dichiarò: «Chiamo subito il dottore».

«Chiama piuttosto il Cardazzo. Digli che la mia mostra è pronta», replicai.

Poi ricaddi nel sonno. Dormii per tutto il giorno e anche la notte seguente. Quando mi risvegliai, mi sentii come se fossi rinato», concluse Lucio Fontana, mentre varcavamo la soglia del Naviglio.

«È una storia bellissima», sussurrai.

«Non è una storia, è un miracolo che è capitato proprio a me. Un miracolo che cercavo da tutta la vita, nel legno che scolpivo, nelle ceramiche che modellavo, nelle tele che dipingevo e che si è palesato in un momento di disperazione. Dubitavo che la gente capisse i miei tagli, ma non me ne importava niente. Li capivo io. Non sapevo ancora che molti altri li avrebbero amati».

Quella sera, a casa, mentre mangiavamo la solita minestra di riso con "l'erburìn", seguita da pane e stracchino, perché la mamma era entrata in una delle sue fasi ricorrenti di rifiuto per i fornelli, io ti dissi: «Papà, ti ricordi quando siamo andati insieme a Palazzo Reale per vedere quel famoso quadro di Picasso, *Guernica*?».

«Un sbegasc che se capiva nient», mi incalzasti tu.

Ricordavo ancora il tuo sguardo vagamente irritato, mentre mi domandavi sottovoce: «Ti sembra che sia valsa la pena di stare in fila due ore per venire a vedere questa roba?».

Nemmeno io riuscivo a vedere, in quel caotico insieme di linee e profili sbilenchi, la mostruosità della guerra di Spagna.

Erano state molto più appaganti le nostre visite, in alcune mattinate domenicali, alla Pinacoteca di Brera, mentre guardavamo rapiti i dipinti rinascimentali.

Quella sera ti raccontai di Lucio Fontana che aveva esposto tele non dipinte, ma tagliate.

Tu scuotesti il capo e commentasti: «Che mondo! Sta andando tutto a gambe all'aria. Le tele tagliate! E magari qualcuno le comprerà pure! Se torno a nascere...».

«Farai i tagli anche tu?», lo stuzzicai sorridendo.

«Rifarei esattamente quello che ho fatto, perché ho te, il tuo fratellino e la vostra mamma, senza contare questa schifosa minestra con l'erburìn», rispondesti con la tua solita aria felice.

VIII

Caro papà, avevi smesso da tempo di chiedermi: «Come va?» quando rincasavo dal lavoro. Avevi capito che non avevo nessuna voglia di parlare delle mie giornate in cui mi sentivo come un'esule in terra straniera, lillipuziana nel paese dei giganti. Il signore del paese era Carlo Cardazzo. I suoi sudditi erano gli artisti, tutti uomini, che aspettavano da lui un cenno di consenso, come allievi timorosi del giudizio del loro insegnante.

Osservavo questi artisti che lo scrutavano ansiosi mentre lui esaminava un loro lavoro. Le quotazioni di mercato indicavano che erano talenti ormai affermati, ma erano costantemente insicuri.

Carlo Cardazzo, esperto delle avanguardie artistiche, diventava a sua volta insicuro solo di fronte a un critico che lui riteneva importante. Lo notavo dall'attenzione con cui lo ascoltava e dal colorito del viso: impallidiva quando il critico demoliva un suo giudizio. Allora si chiudeva in un mutismo che poteva durare ore o giorni e smetteva di grugnire. Io, che già parlavo pochissimo, diventavo muta come un pesce.

Poi accadeva qualcosa che cambiava il suo umore. Una mattina entrai in galleria e lui era già lì a misurarla a lunghi passi, lo sguardo illuminato da un'ansia gioiosa.

«Prenoti dalla Bice un tavolo per due per l'ora di pranzo», mi disse. E sentì il bisogno di spiegare.

«Sta per arrivare da Venezia mio fratello Renato. Non ci sono per nessuno fino a domattina».

Da Lino avevo saputo che il fratello Renato era l'unico membro della famiglia che non gli avesse dato l'ostracismo dopo che si era messo con Milena Milani. Chiamai subito il famoso ristorante, mentre lui andava a sedersi alla scrivania. Caricò la pipa e prese a dettarmi una serie di lettere per uno stampatore veneziano, per Franco Russoli che, se non ricordo male, all'epoca era il direttore di Brera, per alcuni galleristi parigini. Lui intanto fumava con aria beata.

Di tanto in tanto diceva a Lino: «Vai a vedere se arriva».

L'ometto tuttofare si piazzava per qualche minuto sulla soglia della galleria, poi rientrava dicendo: «Non si vede ancora». Cardazzo controllava il suo orologio e brontolava: «Eppure dovrebbe essere già qui». Finalmente, tornato di vedetta dalla strada, Lino spalancò la porta e annunciò: «È arrivato».

In due falcate il gallerista uscì con lui. Incuriosita, mi affacciai sulla via e vidi Lino, Cardazzo e un signore molto più giovane e gradevole del fratello. Scaricavano da un'auto quadri avvolti in carte e cartoni che trasportavano nel magazzino della galleria in cortile.

«Posso essere d'aiuto?», domandai, sperando che Carlo Cardazzo mi presentasse al fratello. Lui mi liquidò con un gesto della mano.

Tornai dentro e mi sedetti alla macchina da scrivere. Accolsi un paio di visitatori, risposi ad alcune telefonate, ricevetti un artista che, mi disse, tentava da tempo di convincere Cardazzo a prenderlo sotto contratto. Era giovane, smarrito e timido. Teneva sottobraccio una cartella che conteneva i suoi disegni.

«Oggi non c'è», annunciai.

Con aria sconsolata, il giovane sedette su una panca al centro della galleria.

«Posso fare qualcosa per lei?», gli domandai sorridendo, perché sentivo che aveva bisogno di una parola buona.

«Se lui mi prendesse sotto contratto, per me significherebbe il successo. Potrebbe trattenersi anche l'ottanta per cento sulle vendite dei miei lavori. Glielo dica, per favore».

«Lo farò. Cardazzo ha visto i suoi disegni?».

«Certo e non gli sono piaciuti. Ma ora ne ho fatti altri, assolutamente migliori. Vuole vederli?».

«Lasci stare, io non capisco niente di arte. Invece, le prometto che gli parlerò».

Sapevo che Cardazzo non prendeva in considerazione lavori nei quali non credeva. Più d'una volta l'avevo visto liquidare con indifferenza dei giovani brontolando tra sé: «Credono che basti saper dipingere per definirsi artisti».

Una volta gli domandai: «Non è così?».

«Basta, forse, conoscere la musica per essere un compositore? Quello che conta è l'idea, il talento, l'innovazione», rispose, infastidito.

Quasi avesse letto nel mio pensiero, il giovane artista si alzò di scatto dalla panca e sbottò: «Che vada al diavolo lui con tutti i suoi spazialisti del cavolo. È il figurativo che vince su tutto. Un giorno lo capiranno, ma per me sarà troppo tardi».

Si dileguò lasciandomi preda di una pena struggente. Il mondo dell'arte poteva essere davvero crudele.

Stavo tornando alla macchina da scrivere, quando si aprì l'uscio sul cortile e comparve Cardazzo con il fratello.

«Lui è Renato», mi disse il gallerista.

L'uomo abbozzò un sorriso, mi tese la mano e, mentre tallonava il fratello che se ne stava andando, sentii che gli chiedeva: «Milena l'ha già incontrata?».

Mi arrivò anche l'eco del solito grugnito di diniego emesso a denti stretti. I due si dileguarono per andare al ristorante.

Sopportavo la malagrazia del mercante burbero e mi godevo la benevolenza dei suoi artisti.

Ricordo Roberto Crippa, mi piaceva per la sua milanesità. Era un bell'uomo, schietto e sempre entusiasta. Appassionato di volo, pilotava un suo aereo. Questa passione gli sarebbe costata la vita.

Quando gli domandai che cosa significasse l'arte astratta, lui me la spiegò così. Aprì a caso uno dei tanti volumi d'arte del Naviglio e mi mostrò un dipinto dell'Ottocento che ritraeva un paesaggio. In primo piano spiccava un prato verdeggiante. Con una matita isolò una piccola porzione del prato, mi mise in mano una lente di ingrandimento e mi disse: «Osservi bene quella parte del dipinto e mi dica che cosa vede».

Lo feci. La lente ingigantì un groviglio di pennellate che andavano dal giallo al verde, dal blu al marrone, al nero.

«Vedo un insieme di tanti colori», risposi.

Crippa mi sorrise e spiegò: «Dopo aver studiato tutto quello che c'era da studiare in accademia, dopo aver copiato paesaggi, nature morte, figure, ho cominciato ad astrarre i particolari dall'insieme con la lente di ingrandimento e a riprodurli mettendoci del mio. Questa è l'arte astratta».

Era una spiegazione semplice ed efficace che non ho mai dimenticato.

Tra i disegni che sono appesi alle pareti di fronte alla mia scrivania, ce n'è uno di Tancredi.

Tancredi Parmeggiani era un giovane friulano piuttosto schivo che godeva della protezione di Peggy Guggenheim con la quale, mi disse, si ubriacava di champagne.

«Che poi, se devo essere sincero, non mi piace neanche tanto», mi confessò.

«Chi non le piace, Peggy o lo champagne?», gli domandai.

«Peggy è un mito e l'adoro», sussurrò arrossendo, perché era timidissimo e parlava molto poco.

Un giorno che eravamo soli, sedette alla scrivania di Cardazzo e pescando dal portamatite una serie di pennarelli colorati iniziò a riempire un cartoncino bianco con tanti puntini rossi, neri, blu, gialli, marroni.

«Che cosa sta facendo?», gli domandai.

«Sto componendo una galassia di stelle per lei», rispose.

Pensai a Lucio Fontana, che era andato oltre le

galassie, verso l'infinito, e mi piacque pensare che lui fosse sulla stessa strada, ma non glielo dissi. Invece lo ringraziai per il disegno che ancora oggi osservo, appeso al muro, quando alzo lo sguardo dalla macchina da scrivere e, in quella selva di puntini, cerco l'anima dolente di Tancredi che, poco tempo dopo, afflitto dalla depressione, si ammazzò.

Ritornando a Carlo Cardazzo, ricordo una mattina in cui era stranamente di buonumore e mi annunciò: «Oggi torna la signora. Andrò a prenderla alla stazione nel pomeriggio».

Sapevo che Milena Milani era ad Albissola Marina a lavorare nella fabbrica di ceramiche dove creava opere artistiche.

Non feci commenti e mi misi al lavoro, battendo sui tasti della macchina da scrivere tra uno starnuto e l'altro, tra una soffiata di naso e un'altra, afflitta da un raffreddore micidiale che mi faceva lacrimare gli occhi.

Da qualche anno erano in vendita i fazzolettini usa e getta e, a metà mattina, avevo riempito il cestino della carta.

All'improvviso si spalancò la porta della galleria e fece il suo ingresso una donna che indossava un cappotto nero con accessori dello stesso colore. Anche i i capelli che le ricadevano sulle spalle in ciocche un po' pesanti erano neri. Aveva il viso lungo dal mento appuntito e lo sguardo acuto e ironico.

Attraversò la galleria con passo deciso. Cardazzo si alzò dalla scrivania e le andò incontro.

«Non dovevi arrivare nel pomeriggio?», domandò.

«Sorpresa!», cinguettò lei.

Era Milena Milani. Mi alzai per salutarla ed esplosi in uno starnuto poderoso.

«È quella la ragazza nuova?», domandò al suo compagno guardandomi inorridita.

Sapevo di essere una maschera dell'orrore, con il naso arrossato e gli occhi gonfi e lacrimosi.

«Mi stia alla larga, perché non voglio essere contagiata», mi disse. Poi si rivolse a Cardazzo e gli domandò: «Ma la fai venire a lavorare in quelle condizioni?».

Uscì con lui dalla galleria e io rimasi sola a starnutire in santa pace, al colmo dell'avvilimento.

IX

Caro papà, ricordo che, quella sera, quando rincasai, tu notasti la mia prostrazione, che non era solo dovuta al raffreddore accompagnato da qualche linea di febbre.

Mi infilai a letto. La mamma mi fece bere un brodo bollente e mi somministrò un'aspirina. Io mi addormentai continuando a sentire su di me lo sguardo puntuto e sprezzante della scrittrice e artista spazialista Milena Milani.

Quando Lino mi aveva parlato di lei, ero andata dal libraio Branduani ad acquistare il suo romanzo. Si intitolava *Storia di Anna Drei*. Avevo iniziato a leggerlo come se fosse un vangelo, perché lei era una scrittrice importante, come avrei voluto essere io.

Avevo comperato una Lettera 22 Olivetti che tenevo a casa, nella mia camera, e risme di fogli che andavo riempiendo di appunti e spunti per racconti lunghi e brevi che concludevo raramente, frenata dalla consapevolezza delle mie scarse qualità letterarie. Eppure, la scrittura era la sola attività che mi desse gioia. I dispiaceri arrivavano quando rileggevo le pagine che avevo scritto, perché realizzavo quanto fossero banali, prive di costrutto. Partivo con l'idea di sviscerare un tema e poi mi perdevo in mille considerazioni, dimenticando l'obiettivo che mi ero prefissata. Per non parlare dell'aggettivazione ridondante e stucchevole, dei periodi lunghi, complicati da coordinate e subordinate. Tentavo, senza riuscirci, di coniugare l'incisività con la semplicità. Leggevo e rileggevo le pagine degli autori che mi piacevano e venivo sopraffatta dalla consapevolezza di non saper esprimere situazioni e concetti.

Chiudevo nella valigetta la macchina da scrivere e mi rassegnavo al ruolo di segretaria sentendomi in colpa, perché non eccellevo nemmeno in quello. Avevo letto d'un fiato il libro di Milena Milani, ma la storia mi sembrò sciatta, senza slanci, assolutamente insignificante. Ero perplessa e confusa. Riflettei a lungo e infine conclusi che ero troppo ignorante per cogliere la grandezza di questa scrittrice osannata dalla critica. Quando tornai in galleria, il giorno dopo l'incontro con la Milani, il raffreddore non era migliorato. Invece, l'umore di Cardazzo era alle stelle, tanto che mi chiese come stavo.

«Meglio», mentii e mi misi al lavoro.

Nel pomeriggio lui scese dopo l'ora del tè. Lino mi aveva spiegato che, dopo pranzo, Cardazzo faceva il sonnellino e poi beveva il tè con la sua compagna.

Quel giorno lesse l'elenco delle persone che lo avevano cercato e si animò quando vide il nome dell'ingegner Pomini.

«Questo è un buon collezionista. Lo richiami subito e me lo passi», mi ordinò.

Mi sorprese la voce flautata con cui tesseva le lodi di un artista. Dopo si rivolse a me e disse: «Sarà qui tra mezz'ora. Faccia portare dal bar una bottiglia di prosecco ghiacciato e dei salatini. Poi ci lascerà soli, ma starà in galleria per tenere alla larga gli scocciatori».

Lino, più tardi, mi spiegò che l'ingegner Pomini era un industriale appassionato d'arte moderna e uno tra i clienti più facoltosi della galleria. Si fidava solamente di Cardazzo, che gli aveva già venduto opere di Max Ernst, Jackson Pollock, Joan Miró, e ora stava per concludere l'acquisto di una scultura in acciaio di Roberto Crippa.

«Il Cardazzo sa che, se il Pomini la compra, anche gli altri industriali della zona ne vorranno una. È così che lui decreta la fortuna dei suoi artisti, ed è per questo che loro gli stanno attaccati come l'edera al muro», mi spiegò l'anziano tuttofare.

Eravamo in prossimità del Natale. In galleria avrebbero smontato una mostra per allestirne un'altra.

«Lei potrà restare a casa fino al sette di gennaio», mi disse il mercante. E aggiunse: «Naturalmente, le pagherò la tredicesima». Me lo disse come se fosse un regalo, considerando che venivo pagata in nero. Quasi sembrò stupito che non facessi salti di gioia. Per farlo contento, gli sussurrai un grazie e gli sorrisi. Lui grugnì il suo consenso tra i denti serrati intorno al cannello della pipa. L'incontro fuggevole con Milena Milani mi aveva messa a disagio e sapendola nell'appartamento sopra la galleria, senza che si fosse più palesata, sentivo incombere su di me la sua presenza ostile.

In quei giorni, dalla stamperia, affluirono in magazzino alcuni scatoloni che contenevano foulard in seta con la riproduzione di un dipinto di Capogrossi. Venivano venduti come "regalini" natalizi a un costo che mi sembrava esorbitante.

La Vigilia di Natale, mentre stavo battendo l'ultima lettera della giornata, Cardazzo me ne lanciò uno, avvolto nel cellofan, sulla macchina da scrivere, con un gesto simile a quello con cui avrebbe lanciato il boccone a un cane affamato.

«Per lei», disse semplicemente.

La busta scivolò per terra. Io non la raccolsi e non lo ringraziai. Ero profondamente offesa e continuai il mio lavoro. In silenzio, lui prese da terra il foulard, lo posò sulla sua scrivania e si inoltrò tra il pubblico che gremiva la galleria. Suonò il telefono. Era Emilio Scanavino. Mi domandò subito: «Cardazzo è lì?».

«Sta parlando con della gente. Vuole che glielo passi?», domandai.

«Assolutamente no. In confidenza, vorrei sapere se gli è arrivato il cesto di frutta che gli ho fatto mandare stamani».

«Enorme, bellissimo. È arrivato prima di mezzogiorno. Lo ha fatto portare in casa da Lino. Non l'ha ringraziata?».

«Non lo fa mai. Non una volta che mi abbia detto grazie per un mio regalo».

«Perché insiste nel fargliene?», domandai.

«Cara, lui è il mio mercante. In gennaio ci sarà la mia mostra e, se andrà bene, sarà solo merito suo», replicò.

«Non gli dirò che ha chiamato», promisi.

Chiusi la comunicazione e levai lo sguardo tra il pubblico per controllare se il gallerista si fosse accorto della telefonata. Lui era concentrato ad ascoltare un critico d'arte che considerava importante. Tornò a suonare il telefono. Era di nuovo Scanavino.

«Mi scusi. Non le ho augurato buon Natale. Lo faccio adesso, con tutto il cuore», disse.

Lo ringraziai commossa e allineai sulla scrivania le lettere da firmare. Cardazzo tornò verso l'ufficio e domandò: «Novità?».

Avrei voluto dirgli che, tranne lui, tutti i suoi artisti erano gentili con me. Invece replicai: «Se firma la posta, la imbusto e me ne vado».

X

Caro papà, solo adesso ti racconto questi piccoli episodi che, allora, mi hanno ferito e già ti vedo che mi sorridi e mi sfiori la guancia con una carezza. Mi sembra di sentirti dire: «Sono sciocchezze, però avrei dovuto insegnarti come farti una scorza più dura».

Non addossarti responsabilità che non hai. Sono io che mi sono lasciata condizionare per gran parte della mia esistenza dai sensi di colpa che la mamma mi ha inculcato.

Povera mamma, non si è mai resa conto di avermi creato tanti problemi dai quali mi sono liberata con grande difficoltà.

Comunque, per tornare a Carlo Cardazzo, quando mi ripresentai in galleria dopo le vacanze di Natale trovai sul mio tavolino il foulard di Capogrossi che avevo ignorato. Questa volta il cellofan era stato sostituito da una carta da regalo, legata con un nastrino rosso. Lo interpretai per quello che era: un gesto di scuse tardivo.

Lo infilai nella borsetta e, quando Cardazzo comparve, gli dissi: «Grazie per il dono».

Lui tentò di sorridere, ma non ci riuscì.

Veniva dal magazzino e mi porse una cartelletta nera che conteneva dei disegni. Me la allungò dicendo: «Porti questi bozzetti alla signora. La avverto che sta salendo».

Trovai Milena Milani che mi aspettava sulla porta di casa e mi apostrofò con un ruvido: «Lei è ancora raffreddata?». «È tutto passato», la rassicurai.

Ci osservammo per un breve istante senza parlare. I suoi occhi piccoli, pungenti, ironici, la bocca dalle labbra sottili, come tagliate da una scimitarra, mi comunicavano la sua antipatia per me. Non aveva l'aria di una donna felice, mentre pensavo che avrebbe dovuto esserlo perché godeva fama di artista e scrittrice di successo.

Tese una mano per impossessarsi della cartelletta. Gliela consegnai dicendole: «Ho letto *Storia di Anna Drei*».

All'improvviso sembrò non avere fretta di congedarmi. Mi teneva in piedi, sulla porta di casa socchiusa da cui intravedevo una tela enorme di Capogrossi campeggiare sulla parete dell'anticamera sopra una monumentale cassapanca antica.

Dall'androne sottostante arrivava un'aria gelida e per un istante sperai che mi invitasse a entrare. Non lo fece e, invece, domandò: «Le è piaciuto?».

Colta alla sprovvista, non sapendo che cosa dire, sussurrai abbassando lo sguardo: «Mi ha colpito la linearità della scrittura».

«Signorina, lei si occupa di critica letteraria?», mi aggredì con la sua sferzante ironia.

Mi resi conto di averla offesa, senza volerlo. Ero desolata e non sapevo come rimediare.

«La ammiro molto, signora. A me piace scrivere,

ma so di avere ancora tanto, forse troppo, da imparare», sussurrai arrossendo.

Allora lei mi guardò con un'espressione a metà tra la pietà e il compatimento.

«Mia cara, capisco che fare la segretaria non sia appagante, ma le suggerisco di tenersi stretto il suo lavoro, anche perché la scrittura implica un impegno costante, una sofferenza continua, un tormento senza tregua. Posso assicurarle che la mia esistenza è piena di dolore».

«Farò tesoro delle sue parole», replicai muovendo un passo a ritroso. Lei abbozzò un sorriso e rientrò chiudendo la porta di casa.

Quella sera, il mio ragazzo venne a prendermi all'uscita dal lavoro e io gli raccontai l'incontro con la Milani.

Lui si fece una risata e commentò: «Che vita schifosa! La prossima volta, suggeriscile di cambiare mestiere. Se andasse a lavorare in fabbrica, forse sarebbe più felice», esclamò divertito.

Era un dissacratore e questo lato del suo carattere mi piaceva, a volte.

Sempre quella sera, mentre prendevamo l'aperitivo al Bar Basso, in viale Abruzzi, ricordai con lui la biografia di un paio di grandi scrittori.

Balzac, per esempio, sfornava storie a getto continuo, spinto dalla necessità di guadagnare, dalle minacce dei creditori e dagli editori dei quotidiani popolari che gli strappavano di mano i capitoli per offrirli immediatamente ai lettori ansiosi di leggerli. Salgari aveva fatto sognare avventure mirabolanti a generazioni di giovani ed era vissuto sempre nell'indigenza. Eppure non riuscivamo ad associare a loro il tormento creativo di Milena Milani, adulata e riverita dai giornali, dagli intellettuali e dagli artisti. Ebbi un sussulto di compassione per la sua infelicità, ma subito ricordai la sua risposta sferzante e pensai che la mia goffaggine forse avrebbe meritato un po' più di generosità da parte di una persona tanto importante e famosa.

La rividi molti anni più tardi. Io ero diventata una scrittrice miracolosamente amata dalle lettrici e lei, ormai anziana, dopo aver avuto un lampo di successo con il romanzo *La ragazza di nome Giulio* che aveva fatto scalpore, da tempo era ormai dimenticata. Partecipò con me a una specie di dibattito, con altre autrici, che si svolse nella redazione de "La Notte". Finse di non riconoscermi o forse non mi riconobbe davvero. Ebbi un moto sincero di tenerezza per lei che aveva perso tutto, il compagno, lo stuolo di adulatori, la notorietà. Ma fui costretta a constatare che aveva sempre lo stesso sguardo pungente e l'incapacità di entrare in sintonia con gli altri.

XI

Caro papà, stamattina, facendo ordine nel ripostiglio al piano terreno della nostra casa, tra le cento cose incartate e accuratamente riposte, ho trovato la bombetta nera di feltro rigido che hai indossato una volta soltanto nella vita: il giorno delle nozze con la mamma.

Allora mi sono ricordata di quando ero una ragazzina e, avendola vista nel vostro armadio, in camera da letto, me l'ero messa in testa. Tu entrasti nella stanza mentre mi rimiravo allo specchio.

«Ti sta bene», mi dicesti sorridendo, anche perché mi calzava a pennello.

«Su una rivista ho visto una foto di Mussolini che porta un cappello uguale al tuo», ti dissi.

«Capita che un identico cappello copra una testa pensante e una vuota», replicasti prontamente e non dubitai che quella pensante fosse la tua.

Comunque stamattina l'ho spazzolato, anche se non ha un solo granello di polvere, l'ho calzato e sono tornata a guardarmi allo specchio. Mi ha fatto un effetto strano, perché alla mia immagine di ora si è sovrapposto il ricordo di quella di un tempo, quando avevo i capelli bruni, lunghi, raccolti in una grossa treccia. I miei capelli erano ancora scuri anche quando te ne sei andato. Vorrei che mi vedessi adesso. Sono diventata bionda, papà. Il fatto è che molte signore che invecchiano si tingono i capelli di biondo con tante sfumature cenere realizzate dalle mani sapienti del parrucchiere. Chissà perché non ci rassegniamo a un bel bianco, come facevano le nostre mamme e nonne.

Per essere sincera, è stato mio figlio che, qualche anno fa, mi ha detto: «Mammina, sei così bella. Però i tuoi capelli grigi mi rattristano».

Questo commento era condiviso da diversi amici. Così, caro papà, hai una figlia anziana e bionda, che non ha mai smesso di volerti bene e, per non amareggiarti, ti ha taciuto tante cose di sé.

Ed è il motivo per cui non ti ho mai raccontato come si è concluso il mio impiego alla Galleria del Naviglio.

Il giorno in cui doveva aprirsi la mostra di Scanavino, Cardazzo mi annunciò: «Devo uscire e sarò qui soltanto nel pomeriggio, quando inaugurerò la mostra. Nel frattempo stanno venendo un paio di tecnici mandati dalla Rai per fare un sopralluogo. Gli indichi le prese di corrente e veda se serve loro qualcosa». Vuotò la pipa, se la rinfilò tra i denti e stava per andarsene quando soggiunse: «Torneranno poi per le riprese nel pomeriggio e ci sarà anche una loro giornalista che farà le solite domande a me, a Scanavino, al pubblico. Se chiederà qualcosa anche a lei, non faccia scena muta. Gli dia un parere».

Avvampai di collera, perché sapeva bene che non avrei saputo che cosa dire, e non mi seppi trattenere: «Che bisogno ha di prendermi in giro? Da dove le viene tutto questo livore?».

Quel misogino arcigno e scostante sbottò inaspettatamente in una grossa risata. Si tolse la pipa dalla bocca e mi affrontò: «E lei che bisogno ha di stare sempre sulle sue? Io ho parlato sul serio. Lei ha un certo spirito d'osservazione».

Lo guardai allibita, era la prima volta che esprimeva un apprezzamento nei miei confronti. Se ne andò e io ripresi a lavorare.

Di quei mesi invernali gelidi e senza luce ricordo il mattino in cui Lino mi annunciò: «Lui è andato a Savona, ad accompagnare lei che è corsa da sua madre, perché è vicina a porta inferi».

Era un modo davvero cinico di dire che probabilmente la povera donna stava morendo. Evitai di fare commenti, anche perché ormai sapevo che Lino riferiva ogni mia parola sia al mercante sia alla sua compagna. Ma Cardazzo ricomparve il giorno dopo e, sempre da Lino, seppi che, inaspettatamente, la madre della scrittrice si era ripresa.

«Ma lei si ferma dalla madre fino a quando non è sicura che stia bene», mi informò Lino.

Sapevo che, il pomeriggio, Cardazzo aveva l'abitudine di prendere il tè con i pasticcini insieme alla Milani e quando lei non c'era scendeva in galleria per l'apertura pomeridiana. Ma quando era l'ora del tè aveva bisogno di compagnia. Andò al bar da solo per qualche giorno, poi un pomeriggio mi domandò: «Lo prenderebbe il tè con me, qui in galleria?».

Il tè non mi piaceva ma non volevo deluderlo, anche perché avvertivo la sua solitudine. Annuii.

Così il nostro tè pomeridiano divenne una consuetudine. Un cameriere del bar depositava il vassoio con la teiera e i pasticcini sulla scrivania di Cardazzo. Io mi avvicinavo, riempivo le tazze e, tra un sorso e un dolcetto, il gallerista prese a parlarmi come se fossi un essere umano, invece che una presenza superflua.

Mi raccontò della sua compagna, che era stata una fascista della prima ora ma, a un certo punto, si era allontanata dal partito e, inseguita dai tedeschi, si era rifugiata a Venezia, dove lui l'aveva incontrata e si era perdutamente innamorato di lei.

«Non aveva ancora trent'anni, era molto bella e molto corteggiata», affermò estasiato. E proseguì: «Pensi che aveva avuto una liaison con Mussolini quando, da Savona, si era trasferita a Roma. Lei era figlia di gente modesta e a quei tempi il Duce aveva tutte le donne che voleva. L'aveva fatta soffrire molto, poverina. In seguito, lei aveva conosciuto altri uomini nella cerchia degli amici fascisti che aveva cominciato a frequentare. Però, dopo il 1943, l'aria di Roma era diventata poco salutare per lei. Quando l'ho conosciuta, dapprima l'ho considerata una tra le tante donne che frequentavo ma, giorno dopo giorno, me ne sono innamorato, a dispetto della mia famiglia che disapprovava il nostro rapporto. Alla fine, ho affidato la Galleria del Cavallino a mio fratello e mi sono trasferito a Milano con lei. Cosa devo dirle, a me le donne belle sono sempre piaciute, soprattutto quando sono giovani. Alcune di loro, bugiarde nate, mi hanno raggirato con la menzogna, cosa che non sopporto».

Nel corso dei nostri tè pomeridiani, mi raccontò di

un'americana che gli "aveva rapito il cuore". Aveva il viso di una Madonna del Raffaello, il corpo di una donna del Canova e la voce di una sirena. Gli disse che aveva ventidue anni. Lui non ne aveva ancora venti.

«Deliravo per lei. Dormivamo insieme al Gritti, che è uno degli alberghi più belli di Venezia. Una notte, mentre dormiva, curiosai nella sua borsetta e trovai i suoi documenti. Scoprii che aveva quarantasei anni, altro che ventidue! Mi rivestii e lasciai la stanza senza pagare il conto. Che ci pensasse lei. Se qualcuno mi prende in giro divento una furia», mi raccontò, suscitandomi qualche inquietudine per l'espressione inferocita che aveva assunto.

Capivo di essere soltanto una presenza che ascoltava i suoi ricordi con curiosità, perché le sue storie erano sempre interessanti.

Finita la pausa per il tè, lui riprendeva la sua espressione ingrugnita e tornava a ignorarmi. A me andava bene così, anche perché lo ignoravo anch'io, essendomi abituata al suo tono scostante.

Il rito pomeridiano del tè andava avanti da alcune settimane e, ogni volta, il gallerista aveva una bella storia da raccontare.

La madre della scrittrice stava sempre male e lei, da figlia amorevole, non si rassegnava a lasciarla.

Questo me lo disse Lino, perché Cardazzo non faceva parola delle condizioni della povera malata.

Un pomeriggio di fine febbraio, mentre prendevamo il solito tè condito di ricordi, si spalancò la porta e Milena Milani irruppe nella galleria. La percorse in tutta la sua lunghezza e si fermò davanti a noi.

Il suo compagno la guardò sorpreso. Lei si limitò a dire: «Salgo in casa». E si dileguò senza degnarmi di un saluto. Lui lasciò il tè a metà e, senza proferire parola, si gettò al suo inseguimento.

Lino, che rientrava dal magazzino portando qualcosa in galleria, aveva assistito alla scena e sogghignava. Io non dissi niente. Comunque non mi scomposi e mangiai anche la parte di pasticcini di Cardazzo. Rividi il gallerista soltanto la mattina seguente, quando entrai in ufficio e lui, al solito, sedeva alla scrivania.

Senza alzare il viso dal catalogo che stava spulciando, disse: «Le pago il mese di preavviso. Può lasciare il lavoro anche subito».

Mi sembrò di ricevere un pugno allo stomaco. Rimasi senza fiato. Tuttavia riuscii a sussurrare: «In che cosa ho sbagliato?».

Lui si alzò, posò sulla macchina da scrivere un assegno e grugnì: «Nessun errore da parte sua».

Se ne andò lasciandomi impietrita.

Lino, con quegli occhietti ammiccanti che detestavo, commentò: «Sono state tutte liquidate così le segretarie giovani e carine. Quelle anziane che gli trovava lei se ne andavano loro. È gelosa».

Allo stupore era subentrata la collera e, con questa, la lucidità, tanto che replicai: «Già. E chissà lei che cosa ha raccontato alla Milani!».

Me ne andai sbattendo la porta.

XII

Caro papà, ricordo che, tornando dal funerale di tua madre, dicesti alla mamma: «Mia sorella mi ha mostrato il testamento della mamma: ha lasciato tutto a lei e mi ha ignorato».

«Denunciala per circonvenzione di incapace», reagì la mamma.

«Che si goda i suoi soldi in santa pace», replicasti. «E che non se ne parli più», concludesti.

Dopo cena andasti a letto a leggere e più tardi, quando mi affacciai sulla porta della tua camera per augurarti la buonanotte, tu stavi piangendo. Mi ritrassi, quasi vergognandomi per aver visto il tuo dolore che doveva restare soltanto tuo. Il messaggio era chiaro: quando qualcuno ti ferisce ingiustamente, leccati la ferita in solitudine senza addolorare gli altri.

Così, quando Cardazzo mi mise alla porta, non ti dissi niente. Ricordo che, andandomene, pensai di rivolgermi alla Camera del Lavoro per denunciare il fatto. Sapevo che l'avrebbero costretto a riassumermi e, questa volta, non in nero. Ma la denuncia non avrebbe sanato l'offesa. Mi avviai verso piazza Cavour e, da lì, mi inoltrai lungo un viale dei Giardini pubblici. Mi sedetti su una panchina e mi guardai intorno. C'era una donna anziana che aveva liberato il suo cane dal guinzaglio e lo lasciava correre tra le aiuole mentre batteva i piedi per terra perché faceva molto freddo. Gli alberi levavano al cielo i rami scheletrici, il chiosco delle bibite era chiuso. Alzai gli occhi su un cielo opaco e lattiginoso. Un fruscolo di neve mi cadde sul viso. Non avevo mai visto la neve a febbraio. Uscii dai Giardini e mi avviai lungo via Manzoni. Entrai in un bar e bevvi un cappuccino. Avevo voglia di piangere, mentre pensavo che avrei dovuto trovare subito un altro lavoro. Rincasai alla solita ora. Il pranzo era in tavola e io consegnai alla mamma l'assegno che mi aveva dato Cardazzo.

«Che roba è?», mi domandò.

«La mia liquidazione», risposi.

«Non lavori più in galleria?», s'informò.

«Tu cosa dici?», replicai.

«Dico che la cattiva lavandaia non trova mai la pietra buona», sentenziò, senza indagare oltre.

Passai il pomeriggio chiusa nella mia stanza a scrivere un racconto che aveva per protagonisti un'impiegata di infimo livello e un capufficio pavido e succube della moglie.

Lo rilessi e non mi piacque. Lo cestinai, ma mi sentivo meglio. A dimostrazione del fatto che la scrittura è davvero terapeutica.

Nel frattempo tu eri rientrato e la mamma doveva averti informato che ero stata liquidata.

Quando ci sedemmo a tavola, tu dicesti: «Stasera fanno un bel filmetto nel nostro cinemino. Ho visto i cartelloni e penso che ti piacerà».

Il nostro cinema era un locale di quartiere, affollato da adulti e bambini chiassosi soltanto il sabato e la domenica. Durante la settimana c'era poca gente. Aveva i sedili di legno a ribalta ed era sempre impregnato dall'odore di fumo, perché fumavano tutti, mentre i bambini mangiavano liquirizia e caramelle, seminando cartacce per terra. I pop-corn erano ancora di là da venire.

Negli intervalli passava una maschera che vendeva bibite gassate. Tu mi offrivi sempre il chinotto che mi piaceva più della Coca-Cola. Quella sera, se ricordo bene, andammo a vedere *Sette spose per sette fratelli*, un musical che sciolse il mio malumore. Aveva ripreso a nevicare e, sulla via del ritorno, nel buio della notte, accendemmo le nostre sigarette. Tu mi domandasti: «Hai voglia di parlare?».

«Mica tanto», risposi.

«Che cosa farai?».

Quell'interrogativo me lo stavo ponendo anch'io e all'improvviso, camminando al tuo fianco, elaborai un pensiero positivo, che ti comunicai: «Credo che sia arrivato il momento di cambiare direzione. Vedi, papà, al Naviglio mi ero come adagiata in un quieto, monotono trantran. Mi piaceva la vivacità intellettuale degli artisti che incontravo, ma ho trascurato il mio obiettivo, che è la scrittura».

Tacqui per un attimo, poi continuai.

«Andrò a trovare un cronista che lavora a "La Notte". L'ho conosciuto in galleria. Gli ho detto che mi sarebbe piaciuto cimentarmi con qualche articolo e lui mi ha invitato ad andarlo a trovare».

«Prova, ma non farti troppe illusioni. Incontrerai

spesso nella vita persone che ti diranno: "Venga a trovarmi in ufficio, perché ho qualche proposta per lei". Quando va bene, non si ricorderanno assolutamente di averti invitata. Quando va male, ti faranno proposte meno nobili di un lavoro», mi mettesti sull'avviso.

Se non sbaglio, quel cronista de "La Notte" si chiamava Conforti. Era una brava persona, tra i quaranta e i cinquant'anni. Conosceva mezza Milano e aveva agganci ovunque.

La redazione de "La Notte" era nel palazzo della Stampa in piazza Cavour, a due passi dalla Galleria del Naviglio.

Dissi al portiere che volevo parlare con il dottor Conforti. L'uomo chiamò la redazione e poco dopo vidi il cronista che usciva dall'ascensore.

Mi riconobbe e mi sorrise.

«Andiamo al bar-tabacchi a prenderci un caffè», mi propose.

Lo seguii, senza dimenticare le tue raccomandazioni. In piedi, al bancone del bar, davanti alla tazzina del caffè, gli raccontai quello che era accaduto con Cardazzo. Lui commentò: «È opera della Milani. È una donna che sta ormai sfiorendo. Fino a pochi anni fa era ancora molto bella e aveva saputo mettere a frutto, per vent'anni, questa bellezza. Il Cardazzo non l'ha mai sposata e lei ora vive nella paura di perdere il suo trono».

Sussurrai: «Credo che mi abbiano fatto un favore. È da sempre che desidero scrivere. Pensa che a "La Notte" ci sia una possibilità per me?».

«La accompagno in redazione e le presento Orsini, il caporedattore agli spettacoli», rispose Conforti.

Era un biondino sui quarant'anni che incespicava nelle parole. Propose: «Faaaacciamo una prova».

Mi disse che Joséphine Baker, la famosa star internazionale di colore, che fino agli anni quaranta aveva mandato in delirio le platee di tutto il mondo per la sua straordinaria bellezza, era approdata a Milano, ospite della Rai. Ora che aveva superato i cinquant'anni, girava il mondo a raccogliere fondi per i bambini abbandonati di cui si occupava, e avrei dovuto intervistarla.

Orsini mi mandò dall'archivista che mi consentì di leggere una quantità di ritagli di giornali perché potessi documentarmi. Per due ore lavorai prendendo appunti, poi tornai da lui.

«È riuscita a preparare le domande?», si informò.

Annuii e chiesi: «Vuole vederle?».

«Sono affar suo. Tenga presente che "La Notte" è una fucina di giornalisti. Qui, se uno ha la stoffa, impara il mestiere. La selezione è spietata e non si fanno favori a nessuno. Il pezzo sarà di due cartelle e lo voglio sulla mia scrivania entro le dieci di questa sera. Può venire qui a scriverlo».

«Due cartelle, cioè...?», domandai esitante, arrossendo per l'imbarazzo.

«Coooominciamo bene! Sono due pagine dattiloscritte di trenta righe l'una per sessanta battute a riga. Sono stato chiaro?».

Tornai ad annuire.

Lui proseguì: «Le spiego la regola base del giornalismo: il primo capoverso deve indurre il lettore a proseguire fino in fondo. Quindi, scriva un bell'attacco».

Congedandomi aggiunse: «Sappia che, se l'intervista non sarà soddisfacente, non ci sarà una prova di appello».

Impiegai il tempo che mi restava, fino a quando avrei incontrato la Baker, a leggere gli articoli pubblicati quel giorno sul quotidiano del pomeriggio per capire come erano impostati e sviluppati.

Caro papà, la mattina, quando ero andata da Conforti, non sapevo neppure se mi avrebbe ricevuto e, se lo avesse fatto, immaginavo che sarebbero seguiti giorni di attese e di colloqui.

Invece, non mi era stato chiesto né un curriculum di studi, né uno di lavoro.

Non so come andassero le cose mezzo secolo fa negli altri giornali, quelli più paludati, ma a "La Notte" andò proprio così.

Telefonai alla mamma da una cabina pubblica per dirle che sarei rincasata molto tardi. Mi sedetti al tavolino di un bar a sorseggiare un caffè, tenendo a bada la tensione che mi sovrastava, mentre ripassavo a mente le note biografiche di quella bellissima donna dello spettacolo che, a suo tempo, aveva fatto perdere la testa a molti uomini.

Ricordai i racconti dello zio Gino che, quando era un giovanotto, l'aveva vista al Teatro Lirico dove si esibiva indossando soltanto una gonnellina di banane, strabiliando tutti con la bellezza statuaria del suo corpo d'ebano.

Ora l'avrei trovata in un piccolo albergo di corso

Sempione. Quando entrai nella hall, ero tesa, emozionata, impaurita. Ero quasi decisa a rinunciare, invece mi ritrovai davanti alla reception a dire: «Sono stata inviata da "La Notte" per intervistare la signora Baker».

Il portiere mi disse: «Guardi, quella che sta arrivando è la cameriera che si occupa di lei».

Era una giovane donna sorridente, che mi spiegò: «La signora la prega di scusarla. Scende tra poco. L'ho aiutata a fare il bagno perché, con i suoi problemi di cuore, non si fida a stare nella vasca da sola».

«L'ha vista nuda?», mi incuriosii.

«Non avevo mai visto una donna della sua età con un fisico tanto bello. Sembra uscita dal pennello di un artista. Senza contare che è una vera signora, educata e gentile». La cameriera aveva voglia di parlare. Proseguì: «Qui ospitiamo molti personaggi che poi vanno in Rai. Spesso sono malmostosi, oppure arroganti. Si credono chissà chi e ci trattano quasi con disprezzo. Lei no. Mi ha detto che ho dei bei capelli. Non me lo aveva mai detto nessuno, nemmeno mio marito».

Si aprì l'ascensore e comparve lei. Indossava un tubino di flanella grigia, aderente come una guaina, che disegnava una figura armoniosa. Al collo portava una catenella con tanti ciondoli colorati come quelli che pendevano dalle orecchie piccole e perfette. Era una statua d'ebano da cui emanava una luce sorprendente.

Le andai incontro intimidita e mi presentai. Lei mi tese la mano e mi domandò se parlavo francese.

«È per questo che hanno mandato me a incontrarla. E le devo confessare che è la mia prima intervista», spiegai arrossendo.

Lei sorrise e le labbra morbide si aprirono su una dentatura di un candore abbagliante.

«Oh là là! Allora dobbiamo fare bella figura», esclamò, divertita.

«Vuole che parliamo qui o preferisce che usciamo?», le domandai.

«Cerchiamo un locale accogliente e caldo», propose, mentre si infilava il cappotto grigio che teneva sul braccio.

Feci chiamare un taxi e diedi l'indirizzo del bar Cova, in via Montenapoleone.

Quasi senza che me ne rendessi conto, durante il tragitto, le parti si invertirono e fu lei a farsi raccontare da me la mia vita.

Ritornammo ai nostri ruoli quando ci sedemmo a un tavolino del bar e, davanti alle teiere fumanti, le chiesi dove fosse nata.

«Nel mondo», rispose. E soggiunse: «Io sono cittadina del mondo». Allora le raccontai dello zio Gino che, da ragazzo, si era indebitato per acquistare una fotografia che la ritraeva nel succinto gonnellino di banane. Aveva appeso la foto sopra il suo letto, accanto alla raffigurazione della Sacra Famiglia, scatenando l'indignazione di sua madre, che era la mia nonna, per quell'accostamento blasfemo.

Lei rise, divertita, e cominciò a parlarmi dei corteggiatori che, per anni, l'avevano coperta di fiori, gioielli e doni fastosi.

«Quando mi sono ritirata dalle scene, ho venduto tutto all'asta per mantenere i miei bambini. Ora indosso abiti e bigiotteria che acquisto alle Galeries Lafayette, a Parigi. Il denaro per accudire i miei piccoli non basta mai ed è per questo che ho accettato di comparire nelle televisioni in giro per il mondo. Una volta, si spalancavano per me le porte dei grandi gioiellieri di Londra, Parigi, New York. Bevevo champagne a colazione, pranzo e cena. Con lo champagne, gli spasimanti mi riempivano la vasca da bagno. Adesso bevo tè senza zucchero», concluse, sorridendo.

Parlò come se ci conoscessimo da sempre e fossimo amiche, con semplicità e con lo stile di una vera signora.

Quando entrai nella redazione de "La Notte" erano le otto di sera e avevo già impostato l'attacco per stendere la mia intervista. Scrissi e riscrissi il pezzo alla scrivania del caporedattore e gliela lasciai lì, in bella vista, con la mia firma. Quando rincasai, la mamma e mio fratello dormivano.

Tu, invece, caro papà, stavi leggendo e mi aspettavi.

Ti raccontai tutto e dissi: «Domattina avrò una risposta».

«Sarà buona», dicesti tu. E proseguisti: «Adesso calmati e andiamo a dormire».

Non mi calmai affatto e passai ore a rigirarmi nel letto, presagendo il rifiuto di Orsini. Di tanto in tanto, accendevo la lampada e rileggevo la copia del mio pezzo sulla Baker convincendomi di aver scritto una montagna di stupidaggini.

Il sonno mi colse alle prime luci del mattino. Mi svegliasti tu, a mezzogiorno, sventolando una copia de "La Notte", mentre dicevi sorridendo: «Guarda qui. Il tuo articolo, corredato di foto, occupa mezza pagina e c'è pure la tua firma».

Schizzai in piedi e telefonai a Orsini.

«Ti aspetto per l'una. Devi presentarti al direttore», mi disse lui, passando dal lei formale al tu confidenziale. Probabilmente colse la mia sorpresa e soggiunse: «Metti da parte il formalismo, siamo colleghi».

Nel mio cuore ringraziai molte volte Carlo Cardazzo. Se non mi avesse messa alla porta sarei stata ancora lì, al Naviglio, chissà per quanto tempo ancora.

All'ora indicata andai al giornale per incontrare Nino Nutrizio, il direttore de "La Notte", che mi stava aspettando.

Orsini mi guidò verso il suo ufficio. La porta era aperta e vidi che stava parlando al telefono. Orsini mi disse: «Io devo tornare di là. Entra e, quando ha finito la telefonata, presentati. Dopo vieni da me».

Io mossi due passi nella stanza illuminata da grandi finestre che si affacciavano su piazza Cavour. Intanto osservavo l'uomo dai capelli grigi, cortissimi, che sedeva dietro a un'enorme scrivania e non alzava lo sguardo dal piano di lavoro mentre parlava al telefono. Dopo qualche istante chiuse la comunicazione e alzò il viso di un ovale asciutto, solcato da rughe profonde. Aveva un'espressione burbera ed ero pronta a schizzare via.

«Venite avanti», disse.

Mi girai, immaginando che si rivolgesse a qualcuno che era alle mie spalle. Non c'era nessuno e lo guardai interdetta.

«Dico a voi», soggiunse, con aria sbrigativa.

Poiché non mi schiodavo dalla mia posizione, ordinò: «Signorina, volete avvicinarvi?».

Il fascismo era morto da quasi vent'anni, ma Nutrizio continuava a usare il voi al posto del lei, imposto da un gerarca del regime che si chiamava Achille Starace.

Avanzai come se fossi sui carboni ardenti, fermandomi davanti alla sua scrivania.

«Sedete», mi ingiunse.

Ubbidii e lui, leggendo un appunto che aveva davanti a sé, proseguì: «Dunque, voi siete Bice Cairati».

Annuii.

«Avete scritto un pezzo accettabile. Non assumo donne nel mio giornale, ma voi potrete collaborare. Poi vedremo come fare, perché Orsini mi dice che non siete iscritta all'albo. È tutto. Buon lavoro».

Quando riferii la conversazione a Orsini, lui si fece una bella risata.

«Il direttore ti ha spiazzato! Non farci caso. È un galantuomo».

Che lo fosse, lo sperimentai ben presto.

XIII

Questa è stata la mia prima, piccola vittoria, ma avevo un cruccio che mi impediva di essere felice. Avevo speso del denaro per i taxi e il tè al Cova, e non potevo permettermelo. Me lo avrebbero rimborsato? Vergognandomi, misi sulla scrivania di Orsini la nota-spese.

Purtroppo, come la mamma, non sono mai completamente soddisfatta, è una delle note dolenti della mia vita. Quando Cocca, la mia editor e cara amica, mi dice: «Brava. Hai scritto una storia bellissima», io non le credo mai fino in fondo. Aspetto sempre la conferma dei lettori. E quando la prova viene ampiamente superata, io penso: «Si accontentano di poco. Dovrei fare meglio, molto meglio, ma non ne sono capace».

Sono sensibile alla critica, mentre il plauso non mi esalta. Questo atteggiamento, tuttavia, ha i suoi vantaggi, perché quando mi arriva una mazzata tra capo e collo, e me ne sono arrivate tante, raramente mi coglie impreparata. Questo non mi impedisce di soffrirne.

Comunque ottenni il rimborso, anche se mi resi conto prestissimo che non avrei avuto una vita facile in quell'ambiente maschilista. Infatti, tranne Nutrizio, Orsini, Conforti e pochi altri, il resto della redazione era fatta di uomini sempre pronti a farmi lo sgambetto. Una volta rincasai con tanta voglia di piangere per un insulto vile e anonimo.

La società dei consumi, che allora andava di pari passo con la nuova prosperità del nostro Paese, aveva scoperto la Festa della Mamma. Il giorno prima, sulla mia scrivania trovai un messaggio scritto in stampatello: "Domani è la festa della mamma del vitello, cioè la tua. Auguri!".

Non era una carezza sentirmi dare della "vacca".

Infilai il foglietto nella borsetta e scrissi il pezzo.

La mattina dopo mostrai il messaggio a Orsini che lo lesse e mi disse: «Aspetta qui». Uscì dall'ufficio e tornò poco dopo: «Vai dal direttore, ti aspetta».

Nutrizio, seduto alla scrivania, aveva in mano il mio foglietto. Lo guardai senza parlare, mentre lo faceva in tanti pezzi che buttò nel cestino. Quindi disse: «Mi scuso a nome di questo imbecille. Non fatene una tragedia e dimenticate. È tutto».

Una volta, Orsini mi spedì al Casinò di Campione, o forse era quello di Saint-Vincent. Dopo oltre mezzo secolo alcuni ricordi si confondono. Dovevo intervistare Mina, la Tigre di Cremona, che con la sua voce e la sensualità impareggiabile aveva sbaragliato generazioni di cantanti melodiche. Il suo agente, mi pare che si chiamasse Gigante, mi aveva guidato in una specie di sottoscala del palazzo in cui, ogni notte, si dissipavano fortune sui tavoli da gioco.

«Aspetti qui. Mina la raggiungerà tra poco e avrete mezz'ora per chiacchierare indisturbate», mi annunciò.

Fu così che mi trovai seduta di fronte a quella ragazza statuaria dai grandi occhi languidi e dalla voce che sembrava scaturire dalle profondità di una sorgente impetuosa d'acqua chiara.

Era bellissima. E molto nervosa: mi disse che era sempre così a ogni esibizione.

Poi si rivolse al suo agente e gli chiese quanti gradini c'erano per salire sul palcoscenico.

«Uno solo», rispose lui.

Mina mi spiegò che era miope e temeva di inciampare.

Gigante ci fece servire del caffè, fumammo una sigaretta e lei mi raccontò della sua timidezza patologica, della difficoltà di un mestiere che, solo in apparenza, era tutto luci e lustrini, della paura costante di "steccare". Mi parlò della sua solitudine e della voglia di scappare lontano da tutto e da tutti. La ascoltavo senza prendere appunti, senza fare pressioni, perché mi rendevo conto di trovarmi di fronte a una grande artista che aveva più problemi di me. Solo che lei era Mina, io non ero nessuno. Ma per mezz'ora, in una sera di mezzo secolo fa, la sentii sorella.

Oltre all'intervista, dovevo scrivere un pezzo di colore sul casinò. Prima di allora non ero mai stata in una sala da gioco. Tra i frequentatori che l'animavano riconobbi un signore che si chiamava Giovanni Borghi, il padre degli elettrodomestici Ignis. Aveva le mani piene di fiches che lanciava sul tavolo verde quasi con rabbia. Mi vide prendere appunti e mi domandò: «Lei è una ficcanaso?».

«Sono solo una che osserva per poter scrivere un articolo», risposi, sorridendogli.

«Per quale giornale?», mi interrogò con piglio autoritario. Quell'uomo tarchiato, dallo sguardo volitivo del self-made man fiero del suo successo, non mi intimidiva.

«"La Notte"», risposi.

«Bene. Si ricordi che se scrive il mio nome associato alla mia presenza al casinò, mi basterà una telefonata per farla licenziare dal mio amico Nutrizio».

Gli sorrisi serafica e replicai: «Si accomodi, commendatore. Il suo amico Nutrizio le risponderà che non può farlo, perché non mi ha ancora assunto».

Mi girai, decisa a non dargliela vinta. Cercai un telefono e chiamai il giornale, sperando di trovare il direttore. Gli esposi l'accaduto e lui, dopo un istante di silenzio, brontolò: «Signorina, voi mi create sempre qualche problema, ma questo non lo è. Scrivete quell'accidenti che volete e smettetela di preoccuparvi».

Chiuse la comunicazione senza salutarmi e io sorrisi soddisfatta.

Il casinò mi aveva messo a disposizione una camera nell'albergo vicino. Chiesi al portiere di svegliarmi alle sette del mattino dopo per dettare il mio pezzo alla stenografa di turno al giornale e poi mi chiusi in camera per scrivere il mio articolo su Mina e sulle sale da gioco, pur sapendo che, dopo essere stato letto, il giornale sarebbe finito nel cestino della carta straccia, come tutti i quotidiani destinati a vivere solo per un giorno.

Quando la voce flautata di una centralinista mi diede la sveglia, chiesi di essere messa in comunicazione con Milano. Sentii qualche fruscio, una serie di scatti e quando credetti d'avere in linea la stenografa, domandai: «Se è pronta, le leggo il pezzo».

«L'ascolto», rispose la donna che non conoscevo.

Dettai il mio articolo, con i punti, le virgole, gli "a capo". Quando terminai, chiesi: «Me lo può rileggere?».

«Che cosa?», domandò la donna.

«Quello che ha stenografato», sospirai, soffocando uno sbadiglio.

«Io non ho stenografato niente».

«Perché?».

«Perché non so stenografare».

«Come sarebbe? Lei chi è?».

«Sono la centralinista dell'albergo».

«Che cosa ha fatto finora?».

«Ho ascoltato».

«Mi faccia capire», strillai, saltando giù dal letto.

«Per me il cliente è sacro. Se volesse leggermi la *Divina Commedia*, io la ascolterei», spiegò serafica la donna.

Ero in ritardo di mezz'ora sul mio appuntamento telefonico con "La Notte". Ero furente, ma riuscii a controllarmi e, spiegandole con pazienza la procedura per una telefonata a carico del ricevente, riuscii finalmente a dettare l'articolo alla stenografa.

Più tardi, tornata a Milano, ne acquistai una copia e lessi il mio pezzo. Non era stata cambiata neppure una virgola e non era stato cancellato il nome del commendator Giovanni Borghi.

XIV

Caro papà, quel giorno ti raccontai l'episodio esilarante della centralinista e la minaccia di Borghi. Tu ridesti di gusto al primo episodio e sul secondo commentasti: «Ci sono uomini di destra che sono migliori di alcuni della sinistra. Il tuo direttore è uno di loro». La mamma che, al suo solito, non aveva capito niente brontolò: «Sarà anche un galantuomo, ma ti paga una miseria. Se avessi fatto la magliaia, non dovremmo tirare la cinghia come stiamo facendo. Senza contare tutto quello che ho speso per mantenerti agli studi. Vedi piuttosto di mettere la testa a posto e di sposare un uomo ricco. Ma tu non ti sposerai mai perché quando parlo io, è come se parlasse una scema».

«Andiamo al cinema?», proponesti tu per evitare conflitti con la mamma.

Che Nutrizio mi pagasse una miseria era vero, ma io l'accettavo perché stavo imparando un mestiere che mi piaceva più di quello che avevo lasciato.

Quegli anni sono stati per me un'ottima scuola che mi ha insegnato l'arte di catturare l'attenzione del lettore.

E poi conoscevo gente piacevole, ma anche individui sgradevoli. Imparavo sulla mia pelle che non tutti gli uomini erano deliziosi come te, caro papà, come il mio amato fratello, come i nonni e gli zii e gli amici che ci stavano intorno. Nell'ambiente del giornalismo ho trovato tanta cattiveria e mi sono costruita una corazza difensiva.

Un giorno Orsini mi spedì a Trento, dove si apriva una rassegna di film di fantascienza. Ne vidi alcuni davvero coinvolgenti e intervistai i registi che li avevano firmati.

Avevo letto di recente un lungo bellissimo racconto di Daniel Keyes, intitolato *Fiori per Algernon*, che mi aveva fatto capire quanto la fantascienza possa commuovere e sbalordire. Scrissi così il pezzo, parlando bene delle opere in rassegna.

Quando lessi il mio articolo pubblicato su "La Notte", scoprii di avere parlato di "pseudo-narratori di fantascienza" e della loro "immaginazione miserabile". Andai da Orsini a chiedere ragione di questi cambiamenti. Ormai passava i miei pezzi senza leggerli e così aveva fatto anche in quel caso.

«Io ho scritto una cosa e il giornale ne ha pubblicata un'altra che è l'esatto contrario», affermai.

Dalla tipografia si fece dare l'originale.

«Hai ragione», mi disse.

«Che altro dovrò aspettarmi dai gentiluomini di questo giornale?», gli domandai. E volli sapere chi aveva manipolato il mio articolo.

Era stato un collaboratore, esperto in fantascienza, che si era offeso perché a Trento avevano mandato me invece di lui.

«Piccinerie da Asilo Mariuccia», commentò Orsini.

«Io non lo conosco neppure questo signore. Poteva protestare con te, invece di rifarsi sul mio pezzo», osservai avvilita. «Potresti almeno pubblicare una smentita», conclusi.

Venni chiamata da Nutrizio.

Con il solito tono da burbero benevolo, il direttore mi disse di lasciar perdere, anche perché firmavo i pezzi senza essere ancora iscritta all'albo dei giornalisti.

«Vi assicuro, però, che una storia come questa non si ripeterà più», concluse congedandomi.

«Il fatto è che questa ostilità immotivata mi fa sentire davvero a disagio», dissi poi a Orsini.

Il mio caporedattore sbuffò spazientito per farmi capire che considerava chiuso l'argomento. Io abbozzai e mi rimisi a lavorare, sapendo benissimo che le ostilità non sarebbero cessate.

Durante l'inverno Orsini mi spedì in Irlanda, a Dublino, per la prima di *Sean Cassidy*, un film che raccontava la storia di un eroe irlandese.

«La casa di produzione ha fatto le cose in grande stile e viaggerai in prima classe con la Aer Lingus. Mi dicono che il film non sia granché, ma alloggerai in un albergo a cinque stelle, ti intratterranno per tre giorni e, se vuoi, al ritorno potrai fermarti a Londra, a tue spese naturalmente. A Dublino ci saranno giornalisti di altre testate italiane e straniere», mi informò.

«Perché non ci vai tu?», gli domandai, sebbene il viaggio mi sembrasse allettante.

«Perché non ne ho voglia», tagliò corto.

Mi offriva una specie di vacanza-premio e, avendo imparato a diffidare dell'ambiente, volli essere rassicurata.

«Se mandi me, non ci sarà qualcuno che se ne avrà a male?», domandai.

«Ha ragione Nutrizio. Sei una rompicoglioni», replicò sorridendo.

«Che cosa devo scrivere?».

«Quello che vuoi. Come diciamo fra noi, tu monta un po' di panna sull'evento», mi suggerì Orsini.

Come solo gli americani sanno fare, fu una serata in grande stile per un film senza gloria. Ci fu un ricevimento del sindaco di Dublino, che mi infilò sulle spalle una enorme collana d'argento da cui pendeva un medaglione, che era l'insegna del Lord Mayor, come da noi la fascia tricolore del sindaco, per fare una fotografia.

Ricordo grandi cene, tante risate, la pelliccia che la mamma mi aveva prestato per non soccombere al gelo del nord e il Claddagh Ring d'argento, l'anello simbolo di fedeltà, che mi regalai durante un giro nelle vie della città.

Ricordo anche il mal di testa feroce che mi stroncò dopo che, per adeguarmi agli usi locali, accettai di fare colazione, al mattino, con una disgustosa aringa affumicata.

Caro papà, ricordi quando, al ritorno, vi feci la cronaca del mio primo grande viaggio da giornalista? La mamma ascoltò senza commentare, mi ringraziò per la boccetta di Chanel N. 5 che avevo acquistato per lei al duty free. Tu osservasti il mio anellino e commentasti: «È proprio brutto». Ridemmo insieme.

Tacqui sulla sosta londinese che avevo trascorso

con il mio ragazzo, venuto apposta dall'Italia per stare due giorni con me.

Ero felice quando al mattino mi presentai al giornale con il pezzo sull'evento di Dublino. Cercai Orsini e la segretaria di Nutrizio mi disse che era a casa con l'influenza. Allora andai in redazione. E fui investita da una doccia gelata. Il vice-caporedattore mi aggredì urlando che aspettava il mio articolo due giorni prima e ora potevo cestinarlo. C'era tanto livore nella sua reprimenda fatta davanti agli altri redattori. Non riuscii neppure a dirgli che avevo preso accordi con Orsini per consegnare il pezzo proprio quella mattina. Scappai via come una ladra e, a un anno di distanza da quando ero stata cacciata dal Naviglio, mi ritrovai su una panchina dei Giardini pubblici, in uno stato d'animo identico a quello di allora. Non capivo perché ci fossero uomini che mi trattavano da essere umano e altri che mi detestavano.

Caro papà, tu mi ripetevi sempre che è meglio amare che odiare. Io non riuscivo ad amare tutte le persone che incontravo, ma non sapevo neppure detestare chi mi riversava addosso tanto disprezzo. Volevo semplicemente capire la ragione del livore. Mettevo in discussione il mio comportamento, avendo ancora davanti agli occhi la faccia segaligna del vicecapo di Orsini che mi guardava con odio e ora, su una panchina dei Giardini, vedevo la fine anche di questa bella avventura nel mondo del giornalismo.

Ero sola e intirizzita, e non avevo nessuno su cui riversare il mio scoramento.

Uscii sulla piazza, sostai davanti al monumento di

Cavour, osservandolo per la prima volta con attenzione. Mi domandai se anche a lui, nel corso della sua lunga carriera di statista, fossero capitati episodi umilianti.

La risposta che mi diedi fu che lui era un uomo capace, scelto dalla sorte per portare a termine un grande progetto. La sorte, invece, ignorava me che coltivavo soltanto sogni. Decisi che aveva ragione mia madre: ero nata per fare la magliaia.

Tornai a casa, mi rinchiusi nella mia stanza, mi stesi sul letto e mi rifugiai nella lettura di una biografia di Anna Bolena, un libro degli Oscar Mondadori, nel quale l'autore sosteneva che la famosa amante e poi moglie di Enrico VIII aveva tre seni e da lì era poi nata la sua disgrazia.

«Ti vogliono al telefono», urlò mia madre.

Era Orsini che, con voce catarrosa, mi disse: «Ho saputo quello che è successo. Riporta subito il pezzo al giornale e lo farò uscire domani».

«Come stai?», gli chiesi.

«Da cani, non si sente? Comunque non ho più voglia di stare in casa e domani sarò in ufficio».

Mi sentii meglio. Raggiunsi mia madre in cucina e dissi: «Ti aiuto a preparare la cena».

XV

Questo mio viaggio nel passato è faticoso perché tanti ricordi si sono annebbiati, altri non riesco a collocarli in uno spazio temporale ben definito. Invece, sono nitide le sensazioni che ho provato e che sono rimaste scolpite dentro di me.

Caro papà, tu sai che non ho mai tenuto un diario né preso appunti.

Qualche volta mi chiedevi perché non lo facessi. «Non scrivi neppure le cartoline», mi rimproveravi.

«Scrivere mi costa fatica», rispondevo.

Tu mi guardavi dubbioso, ma era la verità. Amo scrivere soltanto se devo raccontare storie di altri. Però, poiché mi sono ripromessa di ripercorrere le mie esperienze che non conoscevi, proseguo il mio percorso.

Ti ricordi Wanda Osiris? Era una star del varietà italiano e mi raccontasti che, quando eravate fidanzati, avevi invitato la mamma a teatro per vederla. Sapendo della sua miopia, per l'occasione le avevi regalato anche un piccolo cannocchiale, che conservo ancora, perché potesse meglio ammirare la Wandissima. «Però non dirlo a nessuno», ti raccomandasti, «perché la tua mamma ha considerato quello spettacolo come una frivolezza da dimenticare».

Dunque, mi capitò di conoscere Wanda Osiris sul finire degli anni sessanta, quando la famosa soubrette, ormai non più nel fiore degli anni, era riapparsa in televisione, mentre scendeva pericolosamente una scalinata tra due file di *boys* pronti a soccorrerla se avesse incespicato. Indossava un costume sfarzoso e ingombrante, tutto tulle e crinoline. Con voce flebile e tremula cantava una canzone degli anni quaranta, mentre lanciava rose verso il pubblico che applaudiva per il rispetto dovuto a una signora che aveva fatto la storia del varietà italiano, affiancata da attori come Macario, Sordi e, se non ricordo male, Tognazzi. I suoi tempi d'oro erano tramontati, portandosi via anche la sua gloria.

Fui mandata a intervistarla. Viveva sola in un grande appartamento. Mi ricevette indossando un lungo caftano di seta, i capelli racchiusi in un turbante alla Carmen Miranda, perfettamente truccata, come se dovesse andare in scena, la figura appesantita, gli occhi ancora vivacissimi, adombrati dalla malinconia di ritrovarsi a vivere in un mondo che non le apparteneva più. Mi disse che aveva ancora tanta voglia di tornare sulla scena, se soltanto qualcuno glielo avesse chiesto.

Con dolcezza criticò velatamente le soubrette del momento, le coreografie di Don Lurio, l'assenza del buon gusto e della grazia.

«Quando entravo in scena con le mie ballerine, nel teatro dilagava una nuvola di profumo, perché volevo che tutte fossero profumatissime e sorridenti».

Io la ascoltavo, osservandola con tenerezza, perché mi rendevo conto che quella dolce signora ormai anziana non aveva capito che il mondo era cambiato, che i tempi dei suoi trionfi erano tramontati e non sarebbero tornati mai più.

Alla fine mi ritrovai a consolarla e, lasciandola, l'abbracciai di slancio.

Non scrissi il pezzo frizzante che il mio capo si aspettava da me, ma raccontai invece lo struggimento di una star che soffriva per l'oblio del pubblico.

Quando l'articolo uscì, ricevetti i complimenti del direttore. Ormai ero lanciata come intervistatrice di personaggi del mondo dello spettacolo. In quegli anni ne incontrai tantissimi, alcuni deliziosi, come Renato Rascel o Tino Buazzelli, o incredibilmente colti, come Giorgio Strehler e Paolo Grassi, altri arroganti e altri ancora incapaci di esprimersi senza un copione.

Alcuni tentavano maldestramente di invitarmi a cena con maliziosi ammiccamenti. Qualcuno, più raffinato, mi mandava fiori con inviti. Il più travolgente e delizioso fu Enzo Jannacci, che avevo raggiunto a Salice Terme, dove si esibiva in uno spettacolo.

Lo incontrai al bar dell'albergo delle terme e mi offrì una Coca-Cola al banco, mentre gli facevo una breve intervista. Nel parco era in corso una festa danzante e lui, prendendomi una mano e portandosela alle labbra, mi disse: «Facciamo un balletto?».

Mi sono pentita di aver liberato la mia mano dalla sua e di non aver ballato con lui, perché la sua spontaneità genuina e infantile mi era piaciuta tantissimo.

Non sono mai riuscita a perdere la diffidenza verso gli uomini, anche quando mi piacevano. Bastavano un gesto o una parola di troppo, perché mi ritirassi nel mio carapace dove mi sentivo inattaccabile. Ho abbassato le difese una sola volta e mi pento ancora per quella debolezza. Ma questa è una storia che non ti racconterò mai, anche se credo che tu la conosca.

Ti dico invece una cosa che ti stupirà e ti divertirà: da diversi anni, in prossimità del Natale, scrivo una lettera a Gesù Bambino, come da bambina scrivevo una letterina a te, e gli chiedo di esaudire un desiderio importante, come lo chiedevo a te.

Quest'anno l'ho pregato di rivolgersi al suo Padre Celeste, il Dio severo e implacabile della Bibbia, per chiedergli la grazia di spedire sulla Luna tutti i malfattori che stanno rovinando il nostro bel Paese. Come sai, credo nei miracoli.

Ho imparato a crederci osservando il nostro piccolo giardino dove sbocciano fiori bellissimi quando meno me l'aspetto e nascono pianticelle che non ho mai piantato né seminato. Pensa, nell'aiuola che è di fronte a un finestrone della cucina è nata una palma. Prima non la vedevo perché si era nascosta tra due cespugli folti di camelie. L'ho scoperta camminando sul vialetto a spargere semi e briciole per i nostri merli.

Non ti sembra un miracolo che nasca una palma con questo gelo? L'ho interpretato come un segno di pace che Gesù ha voluto offrirmi ora che mancano pochi giorni a Natale. Sono sul punto di fiorire anche le camelie rosse addossate al *jardin d'hiver*. Sono uno spettacolo che vorrei poterti mostrare.

Caro papà, lo so che divago per non proseguire il

lungo rosario di ricordi che mi dimostrano quanto la mia vita sia trascorsa in un lampo. Vorrei poter riacciuffare alcuni momenti per riviverli, come quando Orsini mi annunciò che sarei andata a Venezia per scrivere degli articoli sul Festival del Cinema. Una promozione professionale in piena regola.

XVI

Caro papà, ricordi quando lo annunciai in famiglia?

Vidi il tuo sguardo illuminarsi: anche a te sarebbe piaciuto venire a vedere un film dopo l'altro, ma eri felice che questa fortuna fosse capitata a tua figlia. Non ebbi il cuore di spiegarti che per me non ci sarebbe stato neppure uno strapuntino nella mitica sala di proiezione al Lido. Ero accreditata soltanto per raccontare l'atmosfera del Festival, intervistando i personaggi che Orsini mi avrebbe indicato.

Lui, come tutti i giornalisti, alloggiava in un hotel del Lido. Per me avevano trovato una camera in un alberghetto a Venezia. Ma ero ugualmente felice. La mamma gelò la mia gioia: «Aspettando di andare al Festival, vai al supermercato a fare la spesa». A distanza di anni, non smetto di esserle grata per le sue costanti lezioni di umiltà.

In quel periodo cominciai anche a capire quanto fosse stata saggia la sua decisione di interrompere il mio cammino universitario, perché probabilmente avrei dovuto dedicarmi all'insegnamento che non mi è mai piaciuto.

La mamma non era neppure contenta che lavorassi in un giornale. L'avevo delusa una prima volta, quando mi ero rifiutata di dedicarmi alla vita monastica, e una seconda volta quando non avevo seguito il consiglio della zia Maria Pettinaroli di fare la magliaia. Mi dispiaceva non soddisfare le aspettative della mamma e mi scoraggiavo quando dovevo confrontarmi con colleghi e capiservizio che mal digerivano la benevolenza del direttore nei miei confronti.

A distanza di cinquant'anni, sento ancora su di me i loro sguardi astiosi e i suggerimenti, nemmeno tanto velati, di fare la casalinga.

Non avevo ancora misurato la perfidia delle donne perché, a "La Notte", c'erano solo uomini.

Comunque, a Venezia, alloggiavo all'hotel Malibran, vicino a Campo San Polo. Era un alberghetto ammuffito, a conduzione famigliare, e mi consideravo fortunata per aver ottenuto una camera con bagno, perché molte stanze avevano i servizi in comune.

Ogni giorno percorrevo tutte le Mercerie, attraversavo piazza San Marco e prendevo il vaporetto per il Lido.

Il rimborso spese del giornale era così risicato che qualche volta saltavo il pranzo. Scendevo al Lido e, per risparmiare i soldi dell'autobus, arrivavo a piedi all'Excelsior e iniziavo la mia caccia ai personaggi del giorno. Fraternizzavo con i colleghi di altri giornali, mentre i capufficio stampa delle case di produzione fraternizzavano con noi perché li aiutassimo a promuovere il film che volevano lanciare sul mercato. Scendevo in spiaggia e mi aggiravo tra i capanni della prima fila alla ricerca di personaggi da intervistare. A volte incrociavo Nino Nutrizio, che era lì con la moglie. Lei prendeva il sole distesa sul lettino e lui, all'ombra del capanno, leggeva i giornali.

Approfittavo dei cocktail offerti dalle case cinematografiche per mangiare un tramezzino.

C'era un simpatico giovanissimo press-agent romano, Enrico Lucherini, che un giorno mi chiamò e, tutto eccitato, mi disse: «Ti concedo qualche minuto con Luchino Visconti. È nella sua suite e sta facendo il bagno. Comunque ti riceve».

Ero emozionata all'idea di trovarmi a tu per tu con il famoso regista, ma anche imbarazzata al pensiero di un'intervista nella stanza da bagno.

«Qualcosa non va?», mi domandò Lucherini.

«Lui è nudo o vestito?», indagai.

«Tranquilla, si lava in giacca e cravatta», replicò sorridendo. Poi mi prese per un braccio e mi trascinò attraverso la suite fino alla stanza da bagno.

Come una diva dei film muti, il grande maestro del cinema italiano era disteso dentro una vasca, sotto una coltre di schiuma da cui si levavano vapori di profumo.

Mentre Lucherini gli parlava, il maestro scrutò il mio viso imporporato per l'imbarazzo, capì che ero sul punto di fuggire e allora sentii la sua voce cavernosa: «Si accomodi, cara. Avvicini quello sgabello e si segga».

Il volto scavato e bello, illuminato da un sorriso accogliente, e il gesto elegante della mano che mi invitava a sedermi mi diedero l'idea di trovarmi davanti a un padrone di casa che, indossando uno smoking impeccabile ritto sulla soglia del suo palazzo, stava ricevendo l'ospite inattesa con il garbo del vero signore.

Balbettando dissi: «Maestro, la prego di scusarmi. Sono molto impacciata e, all'improvviso, mi rendo conto di non avere in serbo neppure una domanda passabilmente intelligente».

«Ascolti, cara. Non è un problema. Tanto più che ci rivedremo a cena e, se ancora non avrà domande da farmi, le racconterò io qualche cosa», replicò sorridendo.

Se non ricordo male, il film di Visconti in concorso era *Vaghe stelle dell'Orsa*.

La cena allestita per la stampa, in una sala del famoso albergo veneziano, fu il mio primo pasto decente dopo giorni di digiuno forzato. Lucherini, che era un ragazzo delizioso, assegnò a me, che mi sentivo l'ultima della classe, un posto al tavolo del regista, accanto ad altre giornaliste da tempo affermate, come Natalia Aspesi e Lietta Tornabuoni.

Luchino Visconti prese a parlare di sé. Per me, che bevevo ogni sua parola, furono racconti memorabili. Ricordo come tratteggiò, con poche pennellate, un momento dei suoi anni giovanili, quando con sua madre andava alla Scala e, più che assistere allo spettacolo, il pubblico intrecciava chiacchiere e pettegolezzi.

Prese a dire dei giovani, splendidi ufficiali che erano in platea o negli altri palchi, mentre la sua mamma gli sussurrava: «Scegline un paio che vorresti invitare questa sera, per la cena del dopo-teatro». E commentò: «Non era mai una scelta semplice, perché erano tutti bellissimi».

Io, che non sapevo della sua omosessualità, vedevo scorrere davanti agli occhi, come in un film, le immagini suggestive di automobili e carrozze che, dal teatro, raggiungevano il palazzo in cui viveva il giovane Luchino e una fila di signore e affascinanti cavalieri che, chiacchierando amabilmente, salivano la scalinata di marmo del palazzo, attraversavano sale e saloni dai soffitti affrescati, calpestavano con passi ovattati i tappeti "frisson" che rivestivano i pavimenti, mentre il futuro regista occhieggiava i begli ufficiali in divisa di gala. Udivo il loro parlare sommesso e le risate discrete, mi sentivo pizzicare il naso dalle bollicine dello champagne che veniva versato nelle coppe di cristallo. Ascoltavo il tintinnio delle posate d'argento e gustavo gli aromi delle pietanze servite dai camerieri di casa Visconti. Ero avvolta dai profumi asciutti degli uomini e da quelli sensuali delle signore. Mi beavo alle note di brillanti valzer che immaginavo come sottofondo alle parole e agli sguardi che si intrecciavano in quell'aristocratico consesso mondano. Non potevo immaginare che, oltre mezzo secolo dopo, avrei conosciuto un uomo aristocratico e bello come Luchino Visconti, dotato di un uguale talento artistico: si chiama Giovanni Gastel ed è suo nipote. Come lo zio raccontava storie attraverso i film, lui racconta i personaggi con la sua macchina fotografica. Un paio di anni fa, mi ha fatto un ritratto e me lo ha regalato con una bella dedica. È un maestro e un vero signore.

Quella sera, a tavola nel salone dell'Excelsior, Visconti parlò delle persone che animavano la vita mondana milanese nei primi decenni del Novecento, dissacrandone le biografie con l'eleganza del suo eloquio. Lo avrei ascoltato per ore. La cena si concluse, il regista si alzò. Era sul punto di lasciare il ristorante per andare al Palazzo del Cinema. Mi rivolse uno sguardo quasi complice e dolcissimo, che non ho mai dimenticato, e mi disse: «Lei non ha preso appunti».

Non ne avevo bisogno. Ricordavo le sue parole a una a una. Non ho mai più incontrato un uomo così deliziosamente colto, sagace, cinico e tenero. Bellissimo.

Caro papà, anche tu, come me, saresti rimasto soggiogato da questo artista, che aveva avuto la delicatezza di ignorare la mia goffaggine. Quando tornai a casa dopo il Festival di Venezia, mi dicesti: «Ho letto i tuoi pezzi. Non hai mai parlato dei film».

«Di quelli ha scritto Orsini. Il mio compito era un altro», ti risposi e mentendo soggiunsi: «Erano tutti bellissimi e li rivedrò volentieri con te, quando li daranno a Milano».

La verità è che non ne avevo visto nemmeno uno.

XVII

Caro papà, ti ho già detto che, al Lido di Venezia, mi capitava a volte di incontrare il mio direttore in compagnia di sua moglie, Luciana Novaro, che era stata ballerina alla Scala e che a quell'epoca, se ricordo bene, insegnava danza classica?

Una mattina, sulla spiaggia, intervistai Alida Valli che era una donna ormai matura, ma ancora molto bella. Era in costume da bagno e prendeva il sole settembrino sdraiata sul lettino imbottito del suo capanno. Mi ero innervosita perché non riuscivo a penetrare la personalità di questa diva che aveva riscosso grandi consensi per la bravura e l'avvenenza. Rispondeva educatamente alle mie domande, ma non riuscivo ad andare oltre un freddo formalismo. Forse voleva godersi il sole in santa pace o, forse, era distratta da altri pensieri. Più probabilmente se ne infischiava di una anonima cronista che tentava inutilmente di conoscerla più profondamente. Alla fine mi era sembrata una figura di celluloide che si animava soltanto davanti alla macchina da presa. Comunque l'intervista non mi aveva assolutamente soddisfatto. Vidi Nutrizio e fui sul punto di dirgli che non avrei scritto nulla su di lei. Il direttore mi bruciò sul tempo.

«Vi devo parlare», disse.

Mi allarmai, pensando: «Chissà che guaio avrò combinato questa volta». Il guaio aveva un nome: Gianni Santuccio, un attore di teatro di un certo calibro e dalla personalità prorompente. Durante la mia intervista aveva bevuto parecchio e lo avevo scritto, pur dilungandomi sul suo talento. Non immaginavo che un artista così disinibito fosse suscettibile fino al punto di rivolgersi al mio direttore.

«Mi ha chiesto la vostra testa», mi confessò Nutrizio.

«Direttore, gliel'ha data?», domandai, preparandomi a fare la valigia per tornare a casa.

«Nemmeno per sogno. Ma, per favore, smettetela di crearmi problemi», rispose liquidandomi.

Giurai a me stessa che, da quel momento, avrei fatto tacere la mia visceralità e sarei stata una cronista algida.

Comunque, il risultato dei miei servizi dalla Mostra del Cinema di Venezia fu che mi arrivò una proposta di collaborazione dal settimanale "Lo Specchio", diretto da un signore che si chiamava Giorgio Nelson Page.

"Lo Specchio" era un giornale di Roma, dichiaratamente di destra, che dava ampio spazio alle cronache mondane delle notti della Capitale, ma spiava anche la dolce vita meneghina raccontata dal principe Filippo Orsini che la conosceva bene perché da qualche tempo si era trasferito a Milano. Per una ragazza come me, cresciuta in un quartiere di periferia, vissuta nella casa dei nonni, educata in una famiglia modesta d'impronta patriarcale, quel mondo era un pianeta sconosciuto. Non sapevo neppure che cosa fosse la mondanità, ma già la parola in sé racchiudeva un concetto peccaminoso, dal momento che sia la mamma sia la nonna, quando volevano parlare forbito, definivano "mondana" una donna di dubbia moralità.

La proposta mi venne trasmessa dallo stesso cronista che, due anni prima, mi aveva presentato a Orsini.

In seguito mi rammaricai di averlo perso di vista, presa com'ero a guardare sempre avanti, dimenticando le persone che mi avevano aiutata.

Io che non vedevo l'ora di scrollarmi di dosso l'ostilità dei colleghi de "La Notte", avrei risposto immediatamente sì. Invece mi controllai e dissi: «Posso darti una risposta tra un paio di giorni?». Caro papà, avevo bisogno di confrontarmi con te prima di prendere una decisione.

Mi sembrava che fosse trascorso un secolo dalla fine del fascismo. C'era la destra di Almirante, ma non ti avevo mai sentito parlare male di lui. Sapevo che eri dichiaratamente di sinistra, ma ti piaceva De Gasperi, anche se dicevi che tanti democristiani "predicavano bene e razzolavano male". Sostenevi anche che la sinistra aveva "la puzza sotto il naso". E così ti limitavi a distinguere i tuoi simili tra galantuomini e malfattori. Informandoti della proposta che avevo ricevuto, ti dissi, preoccupata: «Ci sono colleghi di altre testate che mi guardano male perché lavoro a "La Notte", se passassi a "Lo Specchio" probabilmente non mi saluterebbero più».

Tu mi hai risposto: «Fai il tuo lavoro con onestà e,

se hai la coscienza tranquilla, lascia che gli altri pensino ciò che vogliono».

Parlai anche con il mio ragazzo. Lui mi disse: «Se ti pagano bene, accetta».

Mi pagavano decisamente bene. Accettai.

Ero grata a Nutrizio, a Orsini e a Conforti per tutto quello che mi avevano insegnato e per il rispetto che mi avevano portato, tuttavia lasciai "La Notte" con un senso di liberazione.

La sede milanese de "Lo Specchio" era nel palazzo d'angolo tra via Manzoni e via Croce Rossa, dove ora si trovano l'albergo, il ristorante e il negozio di Armani. Cinquant'anni fa, invece, c'erano il bar pasticceria Alemagna e il cinema Capitol.

La redazione era una stanza con due scrivanie, qualche sedia, un telefono. C'era una segretaria molto collaborativa e davvero simpatica, fidanzata con un giovane esponente della Milano dorata. Io avevo assolutamente bisogno che questa segretaria mi aiutasse a capire come muovermi in un ambiente che non conoscevo e lei mi passava informazioni sui matrimoni importanti e sui personaggi della Milano bene. Quelli erano gli anni del boom economico e la gente aveva una gran voglia di divertirsi e di spendere denaro. Fiorivano i locali della *upper class*, ma anche quelli più modesti nelle periferie. I ricchi si incontravano nell'atmosfera riservatissima del Baretto, in Montenapoleone. Cenavano al St. Andrews, frequentavano i locali notturni che si chiamavano Nepentha, Charlie Max, Stork Club e Number One. La classe operaia riscopriva le "balere" sui Navigli e proliferavano i “whisky a go-go”, le pizzerie, le tavole calde. Il denaro scorreva, le aziende prosperavano, l’occupazione aumentava. In tutte le case, anche le più modeste, gli elettrodomestici si sprecavano.

Erano gli anni di Onassis e dei grandi armatori greci, della Callas e dei Kennedy. E nascevano anche i “playboy”, che facevano strage di cuori nel bel mondo internazionale; il più famoso era Porfirio Rubirosa.

Erano giovani piuttosto belli, molto spigliati e grandi seduttori che facevano la fortuna dei periodici a grande tiratura, tra resoconti di feste scatenate, storie d’amore burrascose che nascevano repentine e altrettanto velocemente finivano con attrici famose, miliardarie quali Barbara Hutton, principesse ed eredi di case reali.

Io dovevo addentrarmi da clandestina in questo mondo alieno che, tuttavia, mi incuriosiva.

Il principe Filippo Orsini, che fino a quel momento aveva curato per “Lo Specchio” la rubrica della mondanità milanese, fu il mio mentore.

XVIII

Caro papà, non ti ho mai parlato del principe Filippo Orsini, duca di Gravina, appartenente a una tra le più antiche e nobili casate romane. Era un signore quarantenne davvero molto bello. Alto, biondo, magro, il viso aristocratico di una perfezione assoluta. Era un uomo dolce, galantuomo fino al midollo, lo sguardo azzurro malinconico e rassegnato di chi, avendo sempre avuto tutto, ha perso tutto tranne la dignità. Guardava disincantato il suo mondo apparentemente sfavillante e sostanzialmente vuoto e deprimente.

Viveva a Milano dopo che la famiglia lo aveva bandito per una serie di scandali legati alla "dolce vita" romana. Era stato messo alla porta anche dalla moglie, altrettanto nobile e ricchissima, dopo il clamore suscitato dalla sua storia d'amore con Belinda Lee, un'attrice spregiudicata che non ha lasciato traccia di sé nella storia della cinematografia. Per lo stesso motivo la Chiesa lo aveva privato delle cariche vaticane che, per secoli, erano state prerogativa dei principi Orsini. Era approdato a Milano senza un soldo ed era stato accolto da una famiglia amica.

Il compenso che "Lo Specchio" gli riconosceva per la sua rubrica gli consentiva di avere in tasca qualche spicciolo, poiché era diventato poverissimo. Con il mio arrivo, il settimanale romano gli negava anche quella modestissima risorsa economica. Mi sentii a disagio per averlo soppiantato, privandolo inconsapevolmente di quel lavoro.

Domandai alla segretaria: «Ora come vivrà senza più un soldo?».

Lei fu colta di sorpresa dalla domanda e, dopo un attimo, rispose semplicemente: «Alla fine, la cosa non ci riguarda».

Era vero, eppure sentivo che mi riguardava.

Lo incontrai due giorni dopo il mio ingresso in redazione. La segretaria fece le presentazioni. Io scattai in piedi e gli tesi la mano. Lui la accostò alle labbra e, guardandomi da sotto in su, disse: «Buongiorno, cara. Sono Filippo Orsini». Poi, con naturalezza, sedette di fronte a me e proseguì: «Ora sarà suo il compito di redigere la rubrica per "Lo Specchio"».

Sorrideva deliziosamente, il viso illuminato dalla serenità e dalla generosità di chi comprende tutto fino in fondo.

«Mi sento un po' a disagio, principe», sussurrai.

«Non deve. E, insisto, mi chiami Filippo. Ora le spiego: questa rubrica mi era d'impiccio, perché non riesco a essere pungente con nessuno. Invece è necessario esserlo. Inoltre, per dirla tutta, non ho mai saputo impugnare un badile, ma neppure la penna. Lei fa la giornalista, io non ho mai fatto niente nella vita, come non facevano niente mio padre e mio nonno prima di lui». Poi si rivolse alla segretaria e suggerì: «Ordiniamo un caffè?». Mentre lo sorseggiavamo, volle sapere come mi stavo muovendo per raccogliere le notizie.

«È un ambiente che non conosco e non so ancora da che parte cominciare», spiegai.

«Il fatto di non conoscerlo va tutto a suo vantaggio. Riuscirà meglio a coglierne gli aspetti spesso ridicoli e grotteschi. Questa gente vive di pettegolezzi, di invidie, di antichi e recenti livori, di scandali soffocati perché non importa ciò che fai, basta che non si sappia. E, pur detestandosi tra loro, sono bravissimi a coprirsi gli uni con gli altri. La furbizia è considerata più importante dell'intelligenza. Quando non sei abbastanza furbo, ti mettono al bando. Tutto qui, mia cara».

Bevevo le sue parole e lui proseguì: «Ha già una notizia di apertura?».

«Ho parlato con l'addetta stampa che segue una mostra di gioielli di Bulgari allestita nel sotterraneo del St. Andrews», spiegai.

«Le avrà fornito la lista degli invitati e, forse, qualche chicca su alcuni di loro», osservò lui. Stette zitto per qualche istante poi proseguì: «Si ricordi che le signore che indossano i gioielli più stratosferici non saranno presenti all'inaugurazione. Sono i grandi gioiellieri ad andare da loro e a mostrare i pezzi migliori. C'è sempre un marito o un amante pronto ad acquistarli per loro. E una volta ricevuto il dono, non creda di vederglieli addosso per le vie della città. Li sfoggiano soltanto nel corso di feste privatissime per ostentarli con le amiche più strette, che valutano poi se quello zaffiro o smeraldo o diamante vale un palazzo di cinque piani o una villa di campagna con annessa riserva di caccia».

Poi mi spiegò la differenza tra l'alta borghesia, prospera, colta e illuminata, e i nuovi ricchi, altrettanto prosperi, talvolta poco colti e per nulla illuminati, che si servivano di architetti per arredare le loro case e degli intellettuali per farsi guidare nella scelta degli oggetti d'arte. La parsimonia e la discrezione erano appannaggio dei primi, l'ostentazione e la chiacchiera da imbonitori dei secondi.

«C'è una ricca formaggiaia che si vanta d'aver installato nei suoi bagni i lampadari antichi, in vetro di Murano, che illuminavano le sale dei palazzi di una famiglia nobile».

Nell'arco di un'ora, il principe Orsini mi fece un ritratto impietoso di una parte della mia città che non immaginavo potesse esistere.

Io pensavo ai tanti cortigiani che, fino a quando lui era stato potente, erano vissuti del suo denaro, adulandolo in ginocchio e, un attimo dopo la sua caduta, lo avevano vilmente dimenticato.

Pensai alla sua amarezza e domandai: «Principe, non ha rimpianti?».

«Ho solo rimorsi, ma li tengo per me», replicò con il solito sorriso mite e disarmante. Quindi spiegò: «Sono stato educato per essere un signore e, ora che il mio mondo è in declino, mi sembra una buona cosa defilarmi».

Era nato principe e tale sarebbe rimasto, anche se aveva perduto cariche e appannaggi e viveva della generosità di un amico.

«Ha mai letto Proust? La *Recherche*?», domandò.

«Sì, certamente. Volevo laurearmi in letteratura francese», risposi.

«Lo rilegga ora che sta osservando dallo spiraglio di una porta il mondo che lui racconta. Capirà molte cose sui vizi e sulle virtù del bel mondo».

In seguito mi capitò di incrociarlo in via Montenapoleone. Ogni volta mi baciava la mano e mi sorrideva con amicizia. Insisteva per offrirmi un caffè al banco del Cova e intanto mi domandava: «Come sta, cara? La vedo un fiore». Mi piaceva questa espressione che usava per dire che stavo bene e, in seguito, l'ho fatta mia. Io non gli dicevo che lo vedevo sempre più stanco e sciupato. Così replicavo: «Mi dica piuttosto come sta lei». Lui lasciava cadere la domanda. Allora gli chiedevo lumi su alcuni personaggi mondani. Il principe mi regalava alcune chicche, sapendo che le avrei usate con parsimonia.

Poi smisi di incontrarlo. Qualche tempo dopo lessi che era mancato. Sul blocco dei miei appunti scrissi di getto alcune frasi per ricordarlo. Erano il mio omaggio a un principe di razza che aveva gettato il cuore di là dell'ostacolo, era caduto e si era allontanato dal mondo in punta di piedi con aristocratica dignità.

XIX

Qualche volta, caro papà, coglievo il tuo sguardo su di me e vi leggevo affetto e apprensione. Eri preoccupato perché parlavo sempre pochissimo e, quand'ero a casa, mi isolavo nella mia stanza.

Avevo smesso di dare ripetizioni e, nelle ore libere, leggevo, scrivevo oppure stavo sul letto a guardare il soffitto.

Una volta ti sentii chiedere alla mamma: «Che cos'ha quella ragazza?».

«L'è cumplicada», ti rispose lei.

Ero soltanto scontenta, incolpavo mia madre per avermi trasmesso la sua perenne scontentezza.

«Ha sempre la luna di traverso», brontolasti tu.

«Deve sposarsi e avere dei figli», sentenziò lei.

Non avevo nessuna voglia di sposarmi o di avere figli, perché il ruolo di *mater familias* era ancor meno allettante del lavoro che stavo facendo.

Proprio così, papà mio. Occuparmi del bel mondo era un impegno soffocante, come erano opprimenti i protagonisti che lo animavano.

Molti facevano a gara per invitarmi alle loro feste, sapendo che ne avrei parlato nella mia rubrica e desideravano che ne tessessi le lodi, sottolineando l'opulenza dell'evento, la magnificenza degli abiti e dei gioielli, l'effervescenza della conversazione, mentre io consideravo quelle adunate un insulto alla miseria e coglievo il vuoto delle loro esistenze. Quella rubrica, che pure mi procurava un buon guadagno, mi annoiava. Alla redazione romana, però, il mio lavoro piaceva.

Tra i redattori, che non avevo mai incontrato, c'era un giovane che si chiamava Ninni Pingitore. Anni dopo sarebbe diventato famoso come autore degli spettacoli del Bagaglino e pigmalione di Pamela Prati e Valeria Marini.

Un giorno, entrando in redazione, trovai un signore seduto alla mia scrivania. Lo guardai perplessa e lui si presentò: era Giorgio Nelson Page, il direttore de "Lo Specchio".

«Sono a Milano di passaggio e desideravo conoscerla», mi disse.

Mi spiegò che, da quando curavo le due pagine di mondanità meneghina, era aumentata la vendita del giornale su Milano.

Uscimmo insieme e scendemmo da Alemagna a prendere il caffè. Mi chiese se conoscevo qualcuno a Genova e Torino per dedicare una pagina anche alla vita mondana delle due città. Poi guardò l'orologio e mi disse che doveva lasciarmi.

Dovevo andarmene anch'io, perché avevo un appuntamento con un signore che si chiamava Beppe Modenese. Lo avevo eletto a mio mentore di moda, mondanità e buone maniere.

Era un piemontese garbato e paziente. Non mi disse mai che gli facevo perdere tempo andando da lui per sottoporgli i miei quesiti. Facendo leva sul suo senso caritatevole, mi mostravo spesso più sprovveduta di quanto fossi, perché mi piaceva ascoltarlo mentre, con pazienza, mi spiegava l'ordine dei commensali a tavola, l'importanza dell'office accanto alla sala da pranzo, la differenza dell'abbigliamento per il giorno e per la sera. Poi mi parlava di certe signore di recente ricchezza che si vantavano di avere delle preziose "boiseries tutte di legno".

Nello studio di Modenese, qualche volta incontravo l'architetto Piero Pinto, il suo socio. Sorridevo vedendoli insieme e, tra me e me, li avevo ribattezzati "l'articolo il", perché Modenese è altissimo, mentre Pinto era piuttosto basso. Erano una coppia molto affiatata.

In quegli anni Beppe Modenese iniziava a elaborare il progetto della "moda italiana". Si deve a lui se, con infinita pazienza e superando ostacoli di ogni tipo, Milano è diventata una delle capitali della moda, soppiantando Firenze e Parigi.

In quegli anni nacque anche "la commedia all'italiana". Il mondo del cinema era in grande espansione e tutti volevano girare dei film, come in seguito si sarebbero buttati sulla televisione da contrapporre a quella americana. Attori e attrici spuntavano come funghi e anche la nobiltà faceva a gara per comparire sugli schermi. Così capitò che Soraya, la principessa triste ripudiata dallo scià di Persia, fosse interprete di un film con Alberto Sordi. Ci si mise d'impegno anche il fratello di Fabiola, regina del Belgio.

Un'altra nobildonna, la contessa Marina Cicogna,

produceva diversi film e lanciò una giovane attrice sudamericana, Florinda Bolkan.

La principessa Ira Fürstenberg, figlia di Clara Agnelli e del principe Tassilo von Fürstenberg, con una speciale dispensa papale aveva sposato a soli quindici anni il principe Alfonso di Hohenlohe. Poco tempo dopo il matrimonio era stato annullato e si era risposata con un playboy che si chiamava Baby Pignatari.

Naufragato anche il secondo matrimonio, aveva tentato con il cinema.

Per il suo primo film programmarono un lancio in piena regola a Cortina e "Lo Specchio" mi mandò per scrivere un articolo.

Era la fine d'agosto e io partii da Milano a bordo di un bimotore a quattro posti che decollava da un minuscolo scalo alle spalle della Stazione Centrale. Ero l'unica passeggera e sedetti accanto al comandante. Fu un volo molto divertente. Quella specie di aereo volava a vista e io guardavo affascinata i paesaggi sottostanti, in un'alternanza di pianure e montagne, di fiumi e laghi, di paesini dove svettavano i campanili delle chiese.

In quel viaggio avrei tanto voluto che tu fossi con me, caro papà, per ascoltare il frastuono dei motori quando quell'aereo minuscolo si impennava per superare una cresta montuosa e il ronzio monotono quando planava dolcemente in mezzo alle valli o virava per assecondare il flusso delle correnti, piegandosi su un fianco, mentre il pilota mi spiegava che, anche a motori spenti, quel buffo uccello meccanico non si sarebbe mai schiantato al suolo, ma sarebbe planato dolcemente.

Ero sicura che ti saresti aggrappato a me che, come tutti i giovani che si sentono immortali, non solo non avevo paura, ma mi divertivo tantissimo e avrei voluto che quel viaggio non finisse mai.

A Cortina, varcai la soglia dell'hotel de la Poste quand'era ormai mezzogiorno e trascorsi il pomeriggio a raccogliere informazioni da una corrispondente locale de "Il Gazzettino" di Venezia.

Il Poste, che sorge sulla piazza principale del paese, all'ora dell'aperitivo era il punto d'incontro della mondanità in villeggiatura. Come tra i pinguini, anche lì si formavano gruppi intorno a una figura di riferimento. In uno di questi gruppi spiccava un bel signore che indossava una giacca di velluto color canarino.

«Quello è il conte Giovanni Nuvoletti, secondo marito di Clara Agnelli, sorella di Gianni. Lo chiamano Lord Byron per l'eleganza stravagante. Comunque è un uomo non solo bello ma anche coltissimo. Ha diverse lauree, fascino da vendere e incanta tutte le donne dai dieci ai novant'anni. Devi assolutamente incontrarlo», mi suggerì la giornalista.

La residenza di Clara Agnelli, a Cortina, era Villa Bella, una tipica costruzione ampezzana, immersa in un giardino verdeggiante, tra selve di gerani e campanule in fiore.

Il giorno dopo il mio arrivo, lei e il marito davano un cocktail per i giornalisti invitati al lancio del film di Ira Fürstenberg. Io non avevo un invito, ma questo non mi avrebbe impedito di intrufolarmi in quella casa.

Papà, lo so che cosa pensi: non si entra in casa d'altri senza essere invitati. Ma a me piaceva fingere di essere una cronista d'assalto. Anche perché, così facendo, mi annoiavo meno.

XX

Caro papà, il teatro ti piaceva e, quando eri ancora bambino, avevi fatto in tempo a vedere Edoardo Ferravilla e di lui dicevi: «Che artistone!». Il tuo patrigno ti aveva portato a teatro a vedere il Tecòppa, un povero ubriacone milanese che, quando gli veniva rifiutato il vino, se ne andava imprecando “tecòppa”, l’equivalente del romanesco “che te possino ammazzà”.

Un “artistone” era anche Piero Mazzarella, altro attore meneghino, creatore di personaggi immersi nella milanesità. Appena metteva in scena una commedia, correvi ad applaudirlo.

Ma sopra tutti, amavi Gino Cervi. Nel periodo in cui scrivevo per “La Notte”, ogni settimana la Rai trasmetteva un’inchiesta del famoso commissario Maigret che vedevamo insieme in televisione.

Ricordo che un giorno mi telefonò un collega, uno dei pochi che era gentile con me, per invitarmi a cena.

«Mia moglie ha programmato un risotto con i porcini freschi. So che ti piacciono molto. Ci saranno anche Orsini e Rossi. Dunque ti aspettiamo», mi disse.

«Questa sera non posso davvero. Non sai quanto mi dispiaccia. Il fatto è che in televisione c’è Maigret e non voglio perderlo», replicai.

Seppi poi che il mio rifiuto venne aspramente criticato. Come avevo potuto non accettare l'invito di un collega affermato per vedere in televisione Gino Cervi?

Comunque, quando, a Cortina, suonai all'ingresso di Villa Bella mi accolse una signora gentile che assomigliava tantissimo a sua figlia, Ira Fürstenberg.

«Venga, la accompagno in salotto. I suoi colleghi arriveranno più tardi», mi disse sorridendomi.

Con eleganza, stava sottolineando il fatto che non avevo rispettato l'orario del rinfresco per la stampa.

«Le chiedo scusa, signora. Ho la pessima abitudine di arrivare in anticipo», replicai, un po' imbarazzata.

«Sono io a scusarmi di doverla lasciare, perché sono in cucina a sovrintendere ai fornelli. Spero che si fermi a mangiare qualcosa con noi. L'accompagno da mio marito».

Mi introdusse in un salotto e si allontanò. Era un ambiente tipicamente ampezzano, con i tappeti soffici, tanti fiori sapientemente disposti nei vasi su tavolini e consolle, divani rivestiti di tessuti colorati, un camino in cui si levavano lingue di fuoco e, ai lati, affondati dentro due poltrone, c'erano due uomini che, al mio ingresso, si alzarono per salutarmi. Erano Giovanni Nuvoletti e Gino Cervi.

Non potevo credere ai miei occhi, davanti a me c'era Gino Cervi, il mio idolo.

Senza nascondere lo stupore, sussurrai: «Sono vergognosamente in anticipo. Le chiedo scusa, dottor Nuvoletti. E con lei c'è il maestro Cervi... sono completamente frastornata».

Nuvoletti rise di gusto e Cervi mi sorrise come un padre.

Quando, un'ora dopo, tra la confusione degli ospiti, mi dileguai da Villa Bella, ero felice, perché pensavo a tutto quello che ti avrei raccontato. Soprattutto ti avrei detto: «Papà, Gino Cervi è un vero signore. Non ha la spocchia di molti attori che ho intervistato in questi anni. Non parla male di nessuno, si esprime con un linguaggio scarno ma efficace, legge tantissimo e gli piace ascoltare. È una via di mezzo tra il commissario Maigret e il sindaco Peppone, nel senso che lui è proprio questi due personaggi e quando ti parla, sempre con tono pacato e voce sommessa, a volte riconosci Peppone e altre volte Maigret.

Dopo una settimana da quell'incontro, ricevetti a casa un biglietto di Nuvoletti che mi invitava, anche a nome di Clara Agnelli, ad andare a trovarli a Marocco, perché entrambi desideravano chiacchierare tranquillamente con me.

Mostrai la lettera alla segretaria de "Lo Specchio", dicendo: «Nuvoletti pensa davvero che io possa partire per il Marocco?».

Lei mi guardò desolata e poi sbottò in una risata. Mi spiegò che Marocco era il nome della villa che i due abitavano nell'entroterra veneziano.

Risposi ringraziando per l'invito, che non potevo accettare perché ero impegnata con il lavoro.

Lessi poi due libri di Giovanni Nuvoletti davvero piacevoli da cui emergeva il buongusto di un vero signore colto, molto fortunato e deliziosamente ironico.

Pochi anni dopo incontrai Susanna Agnelli, sorella

di Clara e di Gianni, nella sua villa al mare in Toscana, per farle un'intervista. Sapevo che in zona c'era anche la villa di un'altra esponente del bel mondo che si chiamava Fanny Branca, la signora del famoso Fernet. Dopo aver parlato con Susanna Agnelli, le chiesi se la conoscesse e se poteva chiederle di concedermi un'intervista.

«Che cosa sa di lei?», mi domandò la signora.

Ricordo ancora la lunghezza stratosferica delle sue gambe perfette, abbronzate al punto giusto, messe ancor più in risalto dai jeans corti che indossava.

«So che si è messa con un tale che si chiama Urbano Rattazzi», risposi.

«Urbano è mio marito. Le pare che potrei mai alzare il ricevitore per chiamare quella gentildonna?».

Avrei voluto sprofondare per la vergogna. Arrossii e balbettai: «Mi perdoni. Non so niente del vostro mondo».

Lei sorrise, mi offrì un bicchiere di tè ghiacciato e mi disse: «Rimanga nella sua ignoranza, perché non perde niente di importante».

Lo stile Agnelli era improntato a una signorilità autentica. Lo constatai anche quando, a Venezia, incontrai Gianni Agnelli. Ero andata a Palazzo Cini per vedere una mostra di tele ferraresi e stavo ammirando una piccola opera di Cosmè Tura, quando realizzai che mi trovavo accanto all'Avvocato, che la osservava con attenzione.

Vestiva un gessato grigio e calzava un paio di polacchine di feltro. Si appoggiava a un bastone. Era solo e molto concentrato nell'analisi del disegno.

Quasi per un senso di rispetto verso quel signore di una certa età che aveva l'aria di non stare benissimo, indietreggiai di due passi e mi accorsi che anche gli altri pochi visitatori facevano silenzio come se non volessero disturbare la sua concentrazione. Non aveva intorno guardie del corpo, era solo e, poco dopo, si avviò zoppicando verso l'uscita. Allora la sala si rianimò.

XXI

Caro papà, a lungo andare quella rubrica di mondanità che mi costringeva a frequentare gente che raramente mi piaceva e faceva di tutto per comparire sui giornali mi esasperò. Non erano tutti così, per fortuna, ma ero stanca di raccontare le loro vacanze tra Porto Cervo e Portofino in estate, tra Sankt Moritz e il Messico in inverno, tra cacce alla volpe, campi da golf, barche a zonzo per il Mediterraneo, aerei privati e monumentali Rolls Royce, abiti da sera che costavano milioni di lire e camicie da uomo con i bottoni in brillanti, coppe di champagne e fiumi di cocaina, amori fulminanti, separazioni devastanti, pettegolezzi idioti, invidie meschine, generosità ostentate.

Quando rientravo la sera a casa, mi sembrava di rinascere.

Ricordo una sera al St. Andrews, quando fui invitata per una festa in onore di un equipaggio che aveva vinto la One Ton Cup con la barca di un ricco industriale. Dovendo raccontare l'evento, mi ritrovai al tavolo di una signora che, per la sua intraprendenza negli affari, emergeva su tante amiche nullafacenti. Insisteva perché accettassi un invito nella sua villa di Paraggi. In seguito al mio rifiuto mi domandò: «Non le piace Paraggi?».

«Preferisco Cesenatico», mi ritrovai a dire.
«È un posto così speciale?», indagò.

Come facevo a spiegarle che al St. Andrews preferivo il ristorante del Titon, sul porto-canale, che ai salotti preferivo il cortiletto di casa della mia amica Sandra, una maestra elementare che insegnava nella piccola scuola di Cannucceto e mi raccontava le storie semplici dei suoi allievi e del bidello che, avendo sentito le maestre parlare di valutazioni, aveva fatto sua quella parola e la usava continuamente a sproposito. Le diceva: «Guardi che bei pomodori le ho portato dal mio orto. Stamattina avevo le valutazioni e ho pensato di offrirglieli». Oppure: «Mia moglie ha le valutazioni e oggi non è andata nei campi».

Come facevo a spiegare che amavo la compagnia di un vecchio poeta che si chiamava Marino Moretti? Sapendo di fargli piacere, di tanto in tanto andavo a trovarlo e, d'estate, sedevo con lui all'ombra di un antico glicine, nel giardinetto della sua casa sul porto-canale. Lo ascoltavo ricordare gli anni passati, quando venivano a tenergli compagnia i suoi amici poeti come Aldo Palazzeschi, o artisti come Filippo de Pisis e altri che non ricordo. Erano tutti giovani e, per la mentalità di allora, scandalosi perché omosessuali. La sorella di Moretti, Ines, che lo accudiva come una madre, ci offriva il tè freddo e molto zuccherato e poi si allontanava, perché quelle storie le conosceva a memoria. Lui, con lo sguardo azzurro ancora vivace, cercava tra i cespugli la tartaruga Cunegonda e, quando la individuava, prendeva un biscotto e glielo mostrava. Lei si avvicinava e lui le allungava il boccone ghiotto e le accarezzava il capino.

Qualche volta mi leggeva una sua poesia e io gliene recitavo altre che conoscevo a memoria. Lui mi ascoltava annuendo e sorrideva beato.

Quelli erano i personaggi che frequentavo volentieri. Sapevo che non avrei resistito ancora a lungo a "Lo Specchio" e cominciai a guardarmi intorno per cercare un nuovo lavoro, sopportando le frecciate della mamma che ripeteva: «La cattiva lavandaia non trova mai la pietra buona».

L'occasione me la offrì il mio ragazzo, che sapeva quanto mi piacesse scrivere. Lui era direttore di un giornale che pubblicava fotoromanzi edito da una casa editrice importante, la Rizzoli. Accolsi come una benedizione la sua proposta di stendere il soggetto di una storia d'amore.

Ricordo che, quando ero ragazzina e andavo a casa di qualche compagna di scuola, c'era spesso una sorella maggiore che leggeva "Grand Hotel", un settimanale di storie sentimentali a fumetti. In casa nostra, i soli fumetti consentiti erano quelli dell'"Intrepido" e del "Corriere dei Piccoli". Me li comperavi tu, papà, ogni settimana, ti ricordi? La mamma li tollerava a stento e dopo che li avevo letti, li buttava nella spazzatura. Una volta chiesi in prestito alla sorella di un'amica un numero di "Grand Hotel". Lo portai a casa e la mamma mi sorprese a leggerlo, estasiata dai disegni, quasi sempre a mezzo busto, di uomini e donne bellissimi. Quelli brutti erano anche i cattivi della storia. Ne fece un dramma in cui coinvolse perfino il medico di famiglia, che era venuto a visitare la nonna.

«Mi dica lei, dottore, se questa adolescente può leggere storie tanto peccaminose», gli disse. «Guardi che disegni osceni! Qui ci sono due che si baciano e mia figlia se li rimira per il diritto e il rovescio».

Lui, che la conosceva bene, scosse il capo e disse spazientito: «La lasci in pace, questa povera bambina». Mi dispiacque il tono con cui aveva risposto alla mamma. Mi affrettai a restituire la rivista alla legittima proprietaria e non gliene chiesi altre in prestito. Tanto avevo capito come funzionava la storia che si ripeteva sempre uguale: lei, lui e il cattivo di turno che osteggiava il loro amore.

Poi i tempi erano cambiati. Le migliaia e migliaia di tavole pazientemente disegnate erano state sostituite dalle fotografie. Gli interpreti erano illustri sconosciuti ma, a volte, anche attori e attrici emergenti, oppure cantanti famosi e presentatori televisivi. Tra questi ricordo la Loren e la Fenech, Gino Latilla e Achille Togliani. Perfino Mike Bongiorno posò per alcuni fotoromanzi.

Abbandonai con sollievo la mia rubrica mondana a "Lo Specchio" e mi cimentai con un soggetto.

Nella mia prima storia, di una banalità disarmante, raccontai una passione travolgente tra un uomo e una donna, spezzata da lui che lasciava la fidanzata per farsi prete. Il soggetto piacque e allora mi impegnai per imparare a scrivere le sceneggiature.

Il signor Saccarello, un genovese trapiantato a Milano, sposato e padre di famiglia, sceneggiatore collaudato di fotoromanzi, si rivelò un insegnante bravissimo. Mi aiutò a familiarizzare con un linguaggio nuovo e imparai a conoscere il significato di termini come primo piano, piano americano, effetto giorno, effetto notte e dissolvenza.

Scrivere dialoghi, funzionali al racconto per immagini, diventò un gioco. Lavorammo insieme a un paio di sceneggiature e poi lui disse: «Adesso puoi andare avanti da sola. Non hai più bisogno di me». Ma a me piaceva collaborare con lui, che era metodico, ordinato e puntiglioso. Così scrivemmo insieme ancora a lungo.

Gli studi di posa per la realizzazione di questi fotoromanzi erano a Roma. Venni mandata laggiù per incontrare il produttore, i due registi e i loro aiuti, lo scenografo e il costumista, il fotografo e il truccatore. Era uno staff tutto maschile che guardava con sufficienza la sceneggiatrice venuta dal Nord che faceva domande, curiosava ovunque, assisteva al loro lavoro.

Alloggiavo all'hotel Forum e ogni mattina, prestissimo, andavo nei capannoni in via Nomentana, sentendomi un'ospite tollerata. Io ignoravo l'ironia romanesca di quegli uomini e li consideravo per quello che erano: bravi professionisti un po' frustrati, perché il cinema era la loro vera aspirazione e dovevano lavorare per un sottoprodotto, il fotoromanzo, destinato al consumo popolare.

Scrivendo soggetti e sceneggiature guadagnavo meglio di prima, tanto che rivendetti la mia Cinquecento e acquistai una bellissima Alfa GT Junior 1300. Era un gioiellino e mi offesi quando anni dopo mio marito la vendette, approfittando del fatto che ero in clinica a partorire nostro figlio.

Comunque, scrissi molti fotoromanzi e collaborai anche con alcuni dei periodici della Rizzoli, dove si respirava un'atmosfera serena senza preconcetti nei confronti delle donne.

In quegli anni era ancora vivo e attivo il fondatore della casa editrice, Angelo Rizzoli, per tutti "il Cumenda", e con lui lavorava tutta la sua famiglia. Il figlio Andrea, il genero Gian Gerolamo Carraro, chiamato "il cerusico" perché era laureato in medicina, e i nipoti maschi: Angelo, chiamato da tutti "Angelone", Alberto e Nicola; quest'ultimo era il più bello e il più estroverso. Erano tre giovani deliziosi. Sono rimasta in contatto con Angelone fino a prima che morisse e ancora oggi mi capita di incontrare Nicola, che è ormai un signore attempato come me ma è sempre un intrattenitore eccellente.

Una volta, salendo in ascensore per andare in redazione, mi ritrovai per la prima volta a tu per tu con Angelo Rizzoli.

«Buongiorno commendatore», lo salutai.

«'Giorno. Lei chi è?», domandò, tenendo fra le labbra una sigaretta finta.

Gli disse il mio nome e lui proseguì: «Di...?».

Credetti che mi chiedesse le generalità e, per quanto stupita, risposi: «Achille. Mio padre si chiama Achille».

Uscì al primo piano, dove c'erano gli uffici della presidenza, brontolando: «Volevo sapere in quale giornale lavora».

Arrossii per la mia goffaggine.

Intorno ad Angelo Rizzoli aleggiava una figura

mitica, l'ingegner Franca Matricardi. Era una donna minuta dai modi bruschi, fumatrice accanita, non sorrideva mai, girava per le redazioni, controllava tutto, prendeva nota di tutto.

Sul suo conto fiorivano leggende. Qualcuno mi raccontò di una notte in cui il commendator Rizzoli la chiamò a casa per dirle che dovevano tornare in casa editrice a controllare qualcosa.

Arrivati davanti alla sede di via Civitavecchia (che ora si chiama via Angelo Rizzoli), si accorsero di aver perduto le chiavi per entrare.

Lei, che era una scalatrice di montagne, si inerpicò dall'esterno fino al primo piano, entrò da una finestra rimasta socchiusa, ridiscese le scale e aprì la porta al commendatore.

Non so se la storia fosse vera o inventata, ma era un fatto che i due lavoravano spesso di notte a elaborare nuove strategie per l'azienda che, in quegli anni, veleggiava con il vento in poppa e produceva grandi profitti.

XXII

Caro papà, quello fu un periodo di lavoro felice. Come il resto del Paese, anche l'editoria andava benissimo. I giornali avevano tirature elevate, la pubblicità fruttava ricavi interessanti, e ogni testata disponeva di ampi fondi con cui finanziare, fra l'altro, le missioni degli inviati speciali sempre in giro per il mondo, dall'America alla Cina, dall'Africa al Polo Nord.

C'erano firme illustri, come quella del reporter Gianni Roghi che fu attaccato da un elefante e perse la vita nella Repubblica Centrafricana. La Fallaci era la star di punta de "L'Europeo", il settimanale più prestigioso della Rizzoli, diretto da Tommaso Giglio.

Nel 1942, Giglio aveva risalito la penisola con gli americani, intrattenendoli con giochi di prestigio e con la sua straordinaria intelligenza. Era un bravissimo giornalista, da giovane aveva lavorato a "Il Politecnico" di Elio Vittorini di cui era rimasto amico. Sorrideva pochissimo, parlava ancora meno, tutti lo rispettavano. Assomigliava incredibilmente a Totò e "Totò", ma anche "Nuvola Bigia", erano i soprannomi che gli venivano dati. Diventammo amici e ci frequentammo fino alla sua scomparsa, a Genova, quando era direttore de "Il Secolo XIX".

Mio marito e io andavamo a cena a casa sua e lui,

con la moglie Carla, veniva a mangiare da noi. Era un uomo dolcissimo, molto preoccupato per la moglie che soffriva di una forma grave di depressione.

Aveva un ottimo rapporto con Oriana Fallaci e mi raccontò che il titolo di un romanzo di successo della grande giornalista, *Lettera a un bambino mai nato*, lo aveva suggerito lui.

Carla era gelosa dell'intesa intellettuale che c'era fra il marito e la Fallaci. Ma Giglio amava profondamente la moglie e dopo la sua morte le sopravvisse di poco.

Ritornando alla mia collaborazione con i periodici Rizzoli, mi mandarono in Congo a fare un servizio per "Annabella", che nessun altro aveva accettato perché si doveva andare al seguito di una organizzazione francese che aveva inventato l'evento di Miss Europa. Le partecipanti al titolo, di diversi Paesi europei, e i giornalisti invitati dovevano partire da Parigi con un volo diretto a Kinshasa. Tutti noi della spedizione eravamo un po' frastornati a causa dei vaccini che ci avevano iniettato contro la febbre gialla e il vaiolo, e per le pillole che avevamo ingerito contro la malaria.

Dovevo intervistare per "Annabella" le mogli dei vari ministri del dittatore Mobutu, che governava la Repubblica Democratica del Congo devastata da feroci guerre civili. Iniziai dalla moglie del primo ministro, una belga bionda, eterea, bellissima, che assomigliava incredibilmente a Grace Kelly. Andai a casa sua e scoprii che abitava in una dimora sfarzosa vicino a una zona in cui sorgevano baracche e brutti palazzi costruiti da poco e già fatiscenti. Capii quanto fosse inutile parlare con lei, unica donna bianca, e con le altre consorti, che vestivano il *pagne*, un telo con fantasie geometriche coloratissime che tenevano avvolto intorno al corpo e le copriva dal collo fino ai piedi. Le signore erano indottrinate e nessuna denunciava la condizione miserrima delle donne nel loro Paese.

Scoprii la reale situazione quando da Kinshasa mi imbarcai per Goma su un aereo militare che risaliva al 1936. Mi infilai nel velivolo inerpicandomi su una scaletta a pioli di metallo. I sedili erano panche di legno che correvano lungo le fiancate. L'aereo era stipato anche di indigeni, che viaggiavano in piedi, nel settore accanto alla cabina di pilotaggio, con le loro bestie: capre e orrendi pappagalli grigio-neri. Insistevano perché li acquistassimo in cambio di poche makuta, la moneta locale.

Fu un volo terrificante di quattro ore, con l'aereo che precipitava a tavoletta e poi risaliva mentre la pioggia battente filtrava dalle lamiere del tetto. Intanto la hostess di colore ci offriva champagne in bicchieri di cristallo e diceva ridendo: «Tranquilli, questo vola e non cade» mentre il pilota, un belga mezzo ubriaco, cantava a squarciagola *Besame mucho*. Le aspiranti Miss Europa svenivano per la paura.

L'aereo sorvolò la località di Kindu, luogo di sinistra memoria: qualche anno prima, infatti, vi erano stati trucidati tredici aviatori italiani sulla cui morte erano state fatte le più macabre illazioni, tra cui quella che fossero stati mangiati da una tribù indigena.

Un italiano, che viveva a Goma e trafficava in zanne d'elefante, mi disse poi che l'antropofagia era tutt'altro che estinta, sebbene Mobutu avesse ordinato la sepoltura dei morti. Era una pratica difficile da sradicare perché i nativi credevano fermamente che, mangiando i corpi dei defunti, il loro spirito sarebbe entrato in loro e avrebbe continuato a esistere.

Quando atterrammo all'aeroporto di Goma, sotto un sole malato e l'aria immobile, satura di umidità, con il sudore che mi colava a rivoli dentro la maglietta di cotone, fummo accolti da un balletto locale eseguito da uomini e donne che indossavano un gonnellino di paglia. Gli uomini percuotevano tamburi, altri, alle loro spalle, impugnavano lunghe lance che levavano verso l'alto e poi calavano a terra cantando con voci roche. Le donne, tutte giovanissime, ballavano con movenze frenetiche, i volti ridenti, le collane di perline colorate che sobbalzavano sui seni nudi, e poi tendevano le braccia per invitare i bianchi, appena scesi dall'aereo, a unirsi a loro.

Noi tutti guardavamo attoniti questa danza tribale, soffocando la nausea per l'afrore che si sprigionava da quei corpi. Miss Irlanda, una bella ragazza coperta di lentiggini e dalla fiammeggiante capigliatura ondulata, entrò nel loro cerchio e, imitandone le movenze, prese a ballare con una naturalezza che mi incantò. Qualche sera dopo mi toccò soccorrerla e portarla di corsa in ospedale dove le praticarono una lavanda gastrica, perché si era intossicata con qualcosa che aveva mangiato.

Dopo il balletto arrivò una Mercedes, scortata da

alcune jeep militari, da cui scese un africano massiccio in giacca e cravatta; sulla testa portava una bustina di pelle di leopardo e in mano teneva un bastone di legno ornato da perline multicolori. Era il governatore di Goma, un tipo corpulento che, al ristorante, volle sedersi di fronte a me.

A tavola assaggiai un pesce preistorico. Aveva un sapore dolciastro e la guida che mi sedeva accanto, un legionario belga, mi disse che era un pesce di fiume. Sapevo che nel fiume venivano gettati i prigionieri legati tra loro da corde robuste perché diventassero cibo per pesci, pertanto lasciai nel piatto il cibo e il governatore, che seguiva le mie mosse, fece altrettanto.

Ordinai una omelette. Il governatore mi imitò e precisò: «Mais pas saignante». Ma non al sangue. Evidentemente non sapeva che cosa fosse l'omelette ma, ritenendo che si trattasse di carne, voleva che fosse ben cotta, perché gli africani amavano la carne bruciata.

A Kinshasa avevo visto in vendita nei mercati montagne di scimmie carbonizzate simili a bambini arsi nel fuoco. Una visione sconvolgente che, a distanza di mezzo secolo, ancora mi turba.

Comunque, dopo l'omelette mi venne servito un piatto di carne bianca e dolciastra che mi disgustò. Il legionario che sedeva al mio fianco e che aveva nel suo piatto, come tutti, quel cibo nauseante, di fronte al mio disgusto prese con la forchetta un boccone e lo osservò a lungo, indeciso se mangiarlo o no. Infine lo assaggiò e mi disse: «Lascia perdere. Non mangiarlo».

Si alzò dal tavolo e andò dritto verso la cucina.

Quando tornò mi raccontò che il giorno prima

c'era stato il funerale di una ragazzina annegata in un laghetto della zona. Gli indigeni fingevano di assecondare l'ordinanza della sepoltura, ma la notte successiva al funerale andavano al cimitero, dissotterravano il caro estinto, se lo portavano a casa, lo lavavano e dopo lo cucinavano e lo mangiavano. Pare che, per rendere omaggio al governatore e ai suoi ospiti, i parenti della ragazzina avessero destinato un assaggio delle sue carni a lui e ai pochi che avevano l'onore di sedergli accanto.

«Mi stai dicendo che ho assaggiato il suo cadavere?», domandai in preda all'orrore. Il belga annuì. Uscii, trovai un cespuglio dietro cui rifugiarmi per vomitare. Da quel giorno e per tutto il tempo del mio soggiorno mi nutrii solo di caffè, latte, pane e uova.

XXIII

Questa e altre atrocità viste nella “repubblica democratica” del Congo di Mobutu non ho mai avuto il coraggio di raccontartele, caro papà. Ma posso dirti che due settimane in quel Paese, nel cuore dell'Africa, hanno inciso ferite profonde nel mio cuore. Mi sono sentita in colpa in quanto appartenente al mondo civilizzato che ha sconvolto gli equilibri del continente africano.

Andavo per la savana, scendevo dalla jeep e, con la guida belga e quella indigena, percorrevo a piedi i villaggi fatti di piccole capanne di legno e paglia che avevano la forma di un mezzo uovo piantato nel terreno. Lì c'erano donne giovanissime accucciate a terra, un bimbo stretto tra le braccia con le mosche che banchettavano sui suoi occhi mentre la madre non faceva niente per scacciarle. Domandai a una di loro quanti anni avesse. Non lo sapeva. Le chiesi dov'erano suo marito e gli altri figli. Lei allungò una mano a indicare la campagna. In quel villaggio di una ventina di capanne simili alla sua non c'erano uomini. La guida mi disse che erano nel *bush*, nei campi. Prese a piovere e allora dai campi comparvero, in fila indiana, adulti e bambini che si proteggevano con le enormi foglie dei banani che fungevano da ombrello. La terra diventò un pantano, noi ci affrettammo a raggiungere la jeep e, all'uscita dal villaggio, vidi una gabbia fatta a uovo con grossi rami d'albero. Era appesa a un banano e dentro c'era un uomo. Quella era la prigione del villaggio. La guida mi spiegò che l'uomo rinchiuso, che stava in silenzio, accovacciato, era stato condannato a morire di fame per chissà quale misfatto e gli uccelli avrebbero divorato la sua carne.

La sera tornammo a Goma nell'unico albergo della città. Mi venne assegnata una camera a due letti che dividevo con una collega di Zurigo, Suzanne Detwiller. Era una ragazza simpatica che mi mostrò con fierezza una enorme zanna d'elefante.

«Questa la piazzo nell'ingresso di casa mia», disse.

Seppi che, nel pomeriggio, mentre io ero andata per villaggi, lei si era recata al mercato di Goma e aveva fatto il suo acquisto. Cinquant'annni fa gli elefanti venivano impunemente sterminati per il loro avorio, tanto che lei portò senza problemi in Europa il suo macabro trofeo.

Quando entrammo nella nostra stanza ci guardammo intorno sconsolate. I letti erano due brandine con i materassi non pulitissimi, imbottiti con qualcosa di indefinibile che formava gobbe e avallamenti. Due comodini con pitali maleodoranti, due sedie che traballavano, un ventilatore con le pale incrostate di cadaveri di insetti, due grucce appese ai chiodi sulla parete. Nell'immensa stanza da bagno c'era una vasca con i sanitari lerci. Dai rubinetti scendevano rivoli d'acqua color ruggine. In compenso c'erano alcune bottiglie d'acqua minerale, con cui ci lavammo sommariamente. Appesa al soffitto della camera da letto una lampadina emanava una luce fioca. La finestra era spalancata sulla via principale da cui entrava il frastuono di voci, clacson d'automobili e, su tutto, una voce maschile gutturale che urlava in francese: «Bella giornalista italiana, affacciatevi alla finestra».

Guardai Suzanne terrorizzata.

Lei fece una risatina chioccia e disse: «Affacciati».

«Nemmeno morta», sussurrai sgomenta.

«Guarda che è il ciccione con il bastone del comando. È il governatore della città e sarà attorniato dai suoi giannizzeri. Non voglio ritrovarmelo qui dentro, quindi alzati e digli qualcosa», strillò la mia collega con tono isterico.

Allora cominciai a temere anch'io il peggio. Non dovevo far ricorso alla mia immaginazione per presagire le intenzioni di quel cretino, convinto che il suo rango gli desse il diritto di importunarmi.

«Grazie per la solidarietà», urlai.

«Se vuoi saperla tutta, ho paura», confessò Suzanne, in un sussurro.

«Perché, io non ne ho, secondo te?».

«Chiamiamo il belga», propose lei, scorrendo l'informativa che l'organizzazione ci aveva dato al nostro arrivo. C'erano i numeri delle stanze occupate da tutti quelli della nostra delegazione. Il frastuono sotto la nostra finestra andava aumentando. Adesso qualcuno suonava una trombetta e l'energumeno continuava a chiamarmi e a incitare i suoi a fare chiasso.

Ci precipitammo lungo il corridoio alla ricerca della stanza occupata dal legionario belga, mentre io già immaginavo la mia fine miserevole perché probabilmente era fuori a bere. Invece c'era. Ci disse di chiuderci a chiave nella sua stanza, mentre lui usciva per cercare di risolvere il problema.

Io mi misi a piangere e Suzanne mi costrinse a bere dell'acqua per calmarmi.

Dieci minuti dopo era tornata la calma. Il nostro salvatore ci raggiunse e disse: «È tutto a posto. Potete tornare a dormire».

Ma nessuna delle due riusciva a prendere sonno. La mia collega, che aveva tanti farmaci nella sua sacca, mi diede una pastiglietta dopo averne presa una anche lei.

Sprofondai in un sonno senza sogni e, al mattino, mi sentii scuotere energicamente.

«Non avevi mai preso un sonnifero?», mi domandò Suzanne, stupita.

«Infatti. E preferirei non doverne prendere altri», risposi.

Ma la mia avventura congolese mi riservò altri colpi di scena. Quando scendemmo a fare colazione, mi venne incontro un giovane africano altissimo e bellissimo.

«Mi chiamo Barthélemy Tschilenghe, sono il capo della polizia. Stanotte vi ho salvato dal governatore», mi disse subito, con un sorriso che trasudava fierezza.

Gli avrei buttato le braccia al collo, ma mi limitai a tendergli la mano, mentre lo ringraziavo.

Invece di stringerla, lui la prese e, con delicatezza, si chinò a baciarla.

Percepii il suo odore, così strano e diverso da quello della gente di razza bianca. Si vedeva che si era tirato a lucido, eppure la sua pelle emanava un odore di animale selvatico.

«Mademoiselle, vi terrò d'occhio per tutto il tempo che starete e Goma e poi vi scorterò a Kinshasa, così ne approfitterò per andare a trovare la mia fidanzata. Sapete, io ho studiato in Belgio e conosco la vostra civiltà».

Volli sapere che ne era stato del governatore. Mi spiegò che il suo concittadino era un violento e uno stupratore e io avevo sbagliato a parlare con lui durante la cena, a sorridergli con aria amichevole. Aveva scambiato la mia cortesia per un invito a spingersi oltre. Il governatore era finito in cella a smaltire la sbronza. Barthélemy divenne la mia ombra e, quando mi lasciò nella capitale, mi chiese il permesso di potermi scrivere quando fossi tornata in Italia. Al momento di congedarsi, mi regalò un bracciale d'avorio.

«Come pegno del mio amore», mi disse.

Mi scrisse davvero e mi propose di sposarlo.

XXIV

Caro papà, un altro Natale è venuto e passato. Ho fatto un tuffo negli affetti e nelle tenerezze dei "miei amori" che sono andata a trovare: il tuo dolcissimo nipote e i suoi figli, i tuoi pronipoti che non hai conosciuto. Se potessi vederli, apprezzeresti la loro bellezza, l'intelligenza e la sensibilità. Mi piace accarezzargli i capelli, baciarli sulle guance di porcellana, stringerli tra le braccia, come facevi tu con me. Le vite che sbocciano mi commuovono sempre.

Ora sono di nuovo a casa a tentare di mettere ordine tra i ricordi lontani che, come fili aggrovigliati, vorrei dipanare per te.

Nel nostro giardino le camelie invernali sono sbocciate e mi accolgono con la gentile opulenza dei delicatissimi petali color porpora. Anche i timidi ellebori sfoggiano la loro grazia tra il verde cupo del fogliame e mi rallegrano, come il bel pergolato di lucine natalizie che terrò accese fino all'Epifania. Intanto cucino lenticchie con il vino rosso, purè di patate e cotechino per alcuni amici che questa sera verranno a cena. E mentre traffico con i fornelli, riacciuffo ricordi lontani e ritorno a un altro viaggio nel Continente Nero. Il Marocco, questa volta, ancora al seguito di una nuova edizione del concorso per eleggere Miss Europa.

La Miss che rappresentava l'Italia era una giovane romagnola, una specie di escort dei nostri giorni. Incapace di entrare in sintonia con la sua personalità esuberante, l'avevo abbandonata al suo destino. Io volevo solamente andare alla scoperta di questo nuovo Paese. Così familiarizzai con una collega jugoslava che si chiamava Branca Prelelevich. Scriveva per un giornale di Zagabria, beveva whisky come se fosse acqua, era sempre senza soldi e parlava del presidente Tito come dell'unico uomo politico del blocco comunista capace di tenere in scacco i russi. Feci amicizia anche con un giornalista irlandese che si chiamava Patrick. Era costantemente sbronzo e mi raccontava antiche bellissime leggende della sua terra. Io, che ero astemia, avevo cominciato ad avvertire una specie di rifiuto per questi due ubriaconi, anche se mi divertivo a sedere tra loro a tavola perché erano molto simpatici. Preferivo però andare in giro da sola, servendomi di una guida che mi ero trovata. Come il soggiorno dell'anno precedente nel Congo, consideravo questa trasferta in Marocco un'opportunità per scoprire un Paese che non conoscevo.

Fin da quando ero ragazzina, immaginavo il Marocco come un Paese da favola, dopo aver letto e riletto un romanzetto francese intitolato *Mélodie et l'amour*. Mélodie era una giovane parigina che aveva seguito il padre, ufficiale dell'esercito, a Fez. In una notte di luna era stata rapita da un affascinante e temibile principe berbero, che l'aveva portata via in groppa al suo destriero, stringendola tra le braccia e, mentre lei si dibatteva in preda al terrore, lui le sussurrava con voce tenerissima: «Doucement, doucement, mon amour».

Mi ero perdutamente innamorata di questo principe del deserto e pensavo che, al posto di Mélodie, io non mi sarei affatto ribellata e avrei invece accolto il rapimento come una straordinaria avventura da vivere con lui in una tenda lussuosa, nutrendomi di datteri e d'amore, tra effluvi d'incensi profumati, al suono ovattato di antichi canti berberi che facevano da sottofondo alla nostra passione.

Quando sbarcai a Marrakech, la realtà smentì subito le mie fantasie adolescenziali. La strada che dall'aeroporto conduceva in città era percorsa da un traffico caotico di auto sgangherate e altri improbabili mezzi di locomozione. Le case della periferia erano baracche disseminate tra cumuli di rifiuti, contenitori di plastica abbandonati, bidoni di metallo arrugginiti e lattine di bibite vuote. Avvicinandoci al centro, le catapecchie convivevano con palazzoni e piccoli edifici orribili, i caftani con i jeans, le babbucce a punta rialzata con le scarpe da tennis, ma non vedevo puledri selvaggi né carovane di nomadi dallo sguardo conturbante.

Nei giorni seguenti, a Fez, a Rabat, a Casablanca, finalmente vidi giardini di aranci e limoni, cespugli di rose dal profumo estenuante, fontane zampillanti: ma erano ben nascosti nei parchi che circondavano i palazzi in cui vivevano le famiglie privilegiate. Fuori da questi giardini sembrava di piombare nel Medioevo, tra scheletrici venditori d'acqua dalla cui coppa di rame non avrei mai osato bere, incantatori di serpenti che soffiavano nel flauto per raccattare pochi dirham, animali da soma pelle e ossa, sfiancati dai pesi che dovevano trasportare e voci di muezzin che salmodiavano dall'alto dei minareti.

Una sera vidi dei guerrieri a cavallo avvolti in bianchi mantelli. Erano comparse che si esibivano per i turisti sulle spianate di sabbia ai limiti della città, mentre voci femminili lanciavano nella notte strida come di rondini impazzite, arrotando le lingue.

Vidi anche danzatrici con ventri adiposi e tremolanti e vetrini colorati incastonati nell'ombelico. Alcune di loro erano belle e gli uomini della nostra delegazione le guardavano con desiderio.

Ogni tanto venivamo invitati nei palazzi dei dignitari, che vestivano all'occidentale e bevevano champagne. Questi privilegiati si lustravano gli occhi avvicinando le Miss dei vari Paesi europei.

Una sera, a Rabat, fummo accolti nel palazzo del cognato del re che, se non ricordo male, all'epoca era Hassan II.

Era un bel giovanotto e mi domandò se ero Miss Italia. «Sono soltanto una giornalista», risposi e mi affrettai a presentargli l'antesignana delle escort che, tutta ringalluzzita, aveva cominciato a sfoderare il suo repertorio di moine e ammiccamenti. Lui, con fare contrariato, sussurrò: «Il se sont trompés dans leur choix» e prese a farmi una corte serrata decantando la bellezza dei miei occhi verdi.

Lo spiazzai immediatamente chiedendo notizie della principessa, sua moglie, di cui non c'era traccia.

Lui mi spiegò che le signore si stavano godendo la

festa da una postazione privilegiata, osservandoci dall'alto della sala di ricevimento, al riparo di fitti graticci arabescati.

«Mia moglie ci vede e sicuramente apprezza il mio buon gusto nell'intrattenermi con lei, invece che con la Miss del suo Paese. Lei è una donna intelligente», mi disse. Poi mi spiegò che le loro donne avevano molto rispetto di sé e, nel mio sguardo, lui leggeva la loro stessa fierezza.

Non replicai, invece abbassai lo sguardo e, offrendogli l'accenno di un sorriso, mi defilai detestando quell'orribile maschilista.

Comunque, dopo giorni noiosi tra souk, incantatori di serpenti, danze del ventre, cuscus con carne di montone, harira con carne di pollo, dolci di mandorle e miele e tentativi dei miei colleghi per far vincere una Miss piuttosto che un'altra, chiesi a Driss, uno studente di medicina che arrotondava le sue finanze facendo la guida, di accompagnarmi nel deserto.

Volevo visitare un'oasi o, almeno, un palmeto, cosa che non era prevista dal programma.

«Dobbiamo muoverci prima che nasca il sole. Domattina ti sveglio io. Facciamo colazione e andiamo», promise.

Si era fatto prestare una jeep antidiluviana da suo cugino e quando notò la mia espressione allarmata davanti a quel veicolo preistorico, giurò sul Corano che quella vettura era un gioiellino. Io pensai d'essermi affidata a un deficiente. Comunque, fatalista come sono, salii a bordo e partimmo.

Attraversammo la città che, già a quell'ora, sembrava un formicaio in piena attività. Ci inoltrammo nel deserto mentre nasceva il sole. Dopo un paio d'ore di viaggio, non vedemmo più segni di vita, neppure un filo d'erba. Cominciai a temere che la jeep ci abbandonasse, mentre l'aria si arroventava e non c'era un essere umano che potesse soccorrerci. Già mi vedevo morta per disidratazione e il mio scheletro biancheggiare tra la sabbia. Rimpiangevo i giardini di rose e arance e le fontane della città e scrutavo preoccupata quel nulla infinito. Driss guidava tranquillo e sul suo viso leggevo l'impassibilità degli africani. Adesso il sole era alto nel cielo e bruciava.

«Sosta», disse lui a un certo punto. Scendemmo e, in pochi minuti, la mia guida montò una tenda e scaricò dalla jeep l'occorrente per preparare il tè alla menta.

Detestavo quella bevanda calda e disgustosamente dolce. Comunque mi accovacciai sotto quel riparo improvvisato e mentre lui trafficava con un fornelletto a spirito, stetti lì immobile e fissare il deserto senza parlare.

Driss mi offrì il tè in un bicchiere di vetro costellato da impronte di unto, mi sedette accanto e, in silenzio, prese a gustare il suo.

A un certo punto alzò un braccio e con la mano mi indicò la linea dell'orizzonte. «Regarde», sussurrò.

In lontananza, sulla cresta di una duna color dell'oro, si profilò una lunga fila di ombre cinesi che ondeggiavano nella calura. Era una carovana di tuareg a dorso di cammello. Gli uomini blu procedevano lenti, come figure di antiche leggende. Sparirono presto, ma io continuai a fissare, come ipnotizzata, quell'orizzonte lontano di una perfezione assoluta, sentendomi vuota nel vuoto, silente nel silenzio. Ebbi come una vertigine, udii il respiro di Dio ed ebbi paura di sentire la sua voce, perché da quel nulla intatto si era sprigionata un'energia raggelante. Tremando, balbettai alla mia guida: «Riportami immediatamente in città». Driss annuì in silenzio. Mi aiutò ad alzarmi e sorreggendomi per un braccio mi fece risalire sulla jeep.

Tornammo indietro senza parlare. Quando scesi davanti al mio albergo, gli tesi il compenso pattuito. Lui lo rifiutò con un gesto deciso e, guardandomi quasi con venerazione, sussurrò a fior di labbra: «Il denaro e Allah, sia benedetto il suo nome, non camminano insieme». Chinò il capo in segno di rispetto e si allontanò. Senza bisogno di parole, Driss aveva intuito la sbalorditiva sensazione che avevo provato. Tra me e me gli chiesi scusa per aver pensato che fosse un deficiente.

XXV

Caro papà, per molti anni non ho mai raccontato né a te né ad altri questa esperienza nel deserto. Una volta, ero nella mia stanza e tu mi hai vista versare sul palmo della mano una manciata di sabbia che custodivo dentro un vasetto di vetro.

«Che cos'è?», mi hai chiesto.

«Sabbia del Sahara», ti ho risposto.

«Un ricordo?», mi hai domandato.

Ho annuito e non ho detto altro. Ci sono voluti anni, prima che mi decidessi a raccontarti quella gita nel deserto che è stata per me un'esperienza indimenticabile.

Ho deciso di farlo seguendo il mio istinto.

Poco tempo dopo, sempre l'istinto mi spinse a lasciare la Rizzoli per accettare una proposta di lavoro che mi venne da Angelo Rozzoni, che era stato a lungo il direttore del quotidiano milanese "Il Giorno".

Aveva lasciato da poco la direzione del giornale quando mi telefonò e mi disse: «Signora, verrebbe a trovarmi? Sono in via Manzoni, dove sta nascendo la redazione di un periodico ideato da Giorgio Mondadori. Sto assumendo gente e preparando un numero zero. Vorrei parlarle».

Lo incontrai al primo piano di un palazzo antico

che ospitava il Museo Poldi Pezzoli e seppi che il periodico in questione sarebbe stato battezzato "Il Milanese". Mi propose una rubrica di due pagine, intitolata "Il Naviglio", per parlare del bel mondo della mia città.

Ancora una volta, nella mia vita lavorativa, spuntava la via Manzoni e rispuntava il Naviglio, non più come galleria d'arte che ormai stava languendo dopo la scomparsa di Cardazzo, ma come rubrica giornalistica. Gli risposi che non intendevo occuparmi di mondanità, allora lui mi suggerì di tracciare una serie di ritratti di donne di successo. «Dissacrandole un po', com'è nel suo stile», si raccomandò Rozzoni.

Senza troppa convinzione gli risposi: «Ci penserò e le saprò dire».

A quel punto mi offrì un compenso talmente generoso che non potei rifiutare. Era evidente che mi voleva a tutti i costi. Giorgio Mondadori aveva allargato i cordoni della borsa perché credeva moltissimo in quel nuovo settimanale, tanto che organizzò in grande stile l'uscita del primo numero con una festa al Grand Hotel et de Milan, invitando mezza città. Ricordo che, tra gli ospiti c'era Enzo Tortora, con il quale chiacchierai volentieri perché era un signore dai modi garbati e dall'eloquio avvincente.

La redazione de "Il Milanese" era quasi tutta femminile, ma c'erano anche alcuni giornalisti che il direttore si era portato da "Il Giorno". Una delle prime signore che intervistai fu Erminia Moratti, la moglie del petroliere Angelo Moratti, patron dell'Inter. Era una donna molto sola e molto intelligente a dimostrazione del fatto che, dietro ogni grande uomo, c'è sempre una grande donna. Le signore del bel mondo milanese la snobbavano un po', ma lei non se ne curava, concentrata com'era a vigilare sul marito e sui figli. Era di una generosità imbarazzante. L'avevo appena intervistata e, prima di congedarmi, mi diede un marengo d'oro: «Lo tenga, porta fortuna. Io ne do un po' a tutti». Seppi poi che era davvero così.

Come molte signore milanesi di quegli anni, aveva un'amica inseparabile, una specie di dama di compagnia, che le stava sempre appresso per assisterla, confortarla, ascoltare le sue confidenze.

Poi conobbi Francesca Vacca, la compagna, e in seguito la moglie, di Corradino Agusta. Corradino fu testimone di nozze di mio marito. Lei era inseparabile da Rosetta Matalon, che aveva conosciuto anni migliori quand'era vivo suo marito. Via via che intervistavo queste signore, mi rendevo conto di quanto fossero tutte disperatamente sole e di come avessero bisogno di qualcuno che le stesse ad ascoltare, pur sapendo che, chi gli stava vicino, non era solamente animato da carità cristiana ma anche dalla speranza di trarre benefici economici.

I loro amici più sinceri erano i gioielli con cui si adornavano, firmati da Bulgari o da Van Cleef. I sarti più corteggiati erano Valentino Garavani o Mila Schön. La pellicciaia per eccellenza era Jole Veneziani.

Ricordo Enrica Invernizzi, la moglie di Romeo, proprietario dei caseifici Invernizzi, che riceveva molto sia a Milano, nel grande palazzo di corso Venezia, sia nella villa di Trenzanesio, sulla via per Melzo. La tenuta, che in un pomeriggio d'estate m'invitò a visitare, comprendeva anche la riserva di caccia e, quando era la stagione giusta, vi confluivano, armati di fucile, personaggi influenti e uomini politici, come il senatore Giuseppe Merzagora, a dimostrazione che affari e politica anche allora andavano sottobraccio.

La mia rubrica era molto letta, io ero coccolata dal direttore e non mi rendevo conto di suscitare l'invidia delle colleghe. Un giorno una di loro andò da Rozzoni a lamentarsi perché si era saputo quanto venivo pagata e riteneva scandaloso che una collaboratrice guadagnasse più di lei che era regolarmente assunta.

Fu Virginia Longanesi, la figlia di Leo, che era stata mia compagna di liceo, a riferirmelo. Lavorava in redazione e mi disse anche che Rozzoni si era arrabbiato e aveva detto chiaro e tondo che la smettesse di lamentarsi perché la mia rubrica era la colonna portante del giornale.

Nel frattempo io ero diventata mamma e non avevo più molta voglia di andare in giro a raccogliere interviste. Ricordo che Rozzoni ebbe l'impudenza di chiedermi, a otto giorni dal parto, di andare a intervistare Rina Brion, proprietaria della Brionvega.

Un giorno in redazione scoppiò la bomba: Rozzoni era stato sostituito da un nuovo direttore che si chiamava Giuliano Gramigna. Lo incontrai e la prima cosa che mi disse fu: «Lei guadagna il doppio di me che sono il direttore. Inaccettabile».

«Io ho un contratto che mi garantisce questo compenso e che, comunque, a fine anno scade. Quindi stia tranquillo». Non arrivai a fine anno.

In estate ripresi i miei giri tra Portofino e la Costa Smeralda, la Costa Azzurra e Capri, salendo a bordo delle barche più belle dei ricchi milanesi.

A Capri, per spostarmi da una località all'altra dell'isola, presi dei taxi. Ovunque andassi chiedevo le ricevute da allegare alla nota-spese da consegnare all'amministrazione. I tassisti capresi di cinquant'anni fa si rifiutavano di darle, sostenendo di non poterle fare.

A bordo dei taxi, il tassametro era sempre guasto. Per pochi chilometri pagavo uno sproposito. Mi imbrogliavano e sapevano che io ne ero consapevole, ma se ne infischiavano. Una volta insistetti per avere la ricevuta e mi ritrovai in mano un foglietto a quadretti, strappato da un blocchetto, su cui il tassista aveva scritto la cifra pagata. Sapevo che non valeva niente. Comunque lo allegai a un appunto in cui avevo indicato le somme spese per gli spostamenti nell'isola, e consegnai il tutto all'amministrazione.

Una mattina andai in redazione e venni accolta da due legali della Mondadori. Tra ammiccamenti e frasi pronunciate a mezza bocca, mi fecero capire che avevo calcato la mano sulla nota-spese dei taxi a Capri.

«Signora, lei capisce che questa cifra è improponibile», mi disse uno dei due uomini che sembravano "il Gatto e la Volpe".

«È improponibile, ma è esattamente quello che ho speso, non una lira in più né una di meno», risposi tranquillamente.

«Suvvia, ma chi le crede?», chiese l'altro con tono ironico.

«Ci credo io, perché è effettivamente ciò che ho speso. Andate voi a Capri, spostatevi in taxi sull'isola e spenderete altrettanto. Ma non affannatevi a chiedere ricevute, perché non ve le daranno».

Mi sforzavo di mantenere la calma, ma cominciavo ad arrabbiarmi.

«Senta, facciamo una cosa: le rimborsiamo un terzo e la chiudiamo qui», propose uno dei due, facendomi un occhiolino di complicità.

Allora persi la pazienza e dissi: «Si rende conto che mi sta dando della ladra?».

L'altro pensò di correre ai ripari, affermando: «Non si agiti. Si sa che voi giornalisti arrotondate sempre sulle note-spese. Questo ci sta, ma senza esagerare».

Già ti vedo, mio caro papà, gonfio d'indignazione verso quei due che si permettevano di dare della ladra a tua figlia. Non mi stupirei se, dalla dimensione in cui ora ti trovi, ti guardassi intorno per individuare quei due e scagliarti contro di loro.

Comunque, avevo imparato a difendermi da sola. Mi alzai dal tavolo intorno al quale ci eravamo seduti sussurrando con aria angelica: «Se non mi rimborsate la nota-spesa fino all'ultimo centesimo, vi faccio causa».

Anche i due, un po' spiazzati, si alzarono sorridendo impacciati e mi tesero la mano.

Li lasciai lì, con le mani tese, spiegando: «Non stringo la mano agli individui che disprezzo».

Uscii dalla stanza, mi avviai verso quella del direttore, spalancai la porta del suo ufficio e, ritta sulla soglia, gli dissi: «Con Rozzoni una cosa tanto sgradevole non sarebbe mai successa».

Me ne andai senza consentirgli di replicare. Uscii su via Manzoni e respirai una boccata d'aria che, per quanto inquinata dal traffico, era molto più pulita di quella che stagnava nella redazione de "Il Milanese".

Il giorno dopo mi rivolsi al legale dell'albo dei giornalisti, l'avvocato Luca Boneschi, il quale riuscì a chiudere il contenzioso in tempi rapidissimi e Giorgio Mondadori dovette pagare fino in fondo quanto mi era dovuto. A quel punto però mi ero proprio stancata di cronaca e di interviste. Infilai la mia Valentina nella sua valigetta rossa e decisi che avrei fatto la donna di casa.

XXVI

Caro papà, è gennaio, sono in cucina e, mentre affetto verdure o monto uova, alzo lo sguardo al nostro giardino intirizzito che ha ancora la forza di offrirmi un'ultima rosa bianca che s'innalza fiera, sfidando il gelo, accanto a un cespuglio di ortensie rinsecchite.

Ancora una volta, aspetterò la visita del pettirosso che latita da qualche anno.

Arrivò la prima volta mentre ero in cucina. Lo osservai incuriosita e un po' stupita, perché non era mai accaduto che un pettirosso venisse nel nostro giardino. Saltellava sul terreno gelato, lo becchettava cercando cibo, poi sostava sul cordolo di cemento e alzava il capino verso la finestra. Ci guardammo a lungo, lui e io, mentre pensavo che avrei dovuto offrirgli del mangime.

Ne ho sempre un sacchetto per i merli che nidificano tra i rami più fitti del pino. Sarei uscita per spargerne un po' ai piedi dell'albero, ma temevo che si spaventasse e volasse via. Mi ripromisi di farlo la mattina seguente. Intanto sorridevo perché quell'uccellino mi comunicava una sensazione di gioia. Mi allontanai dalla finestra e presi a trafficare intorno ai fornelli, in compagnia dei miei pensieri che ruotavano intorno a un nuovo capitolo del romanzo che stavo scrivendo.

Il mattino seguente, prima ancora di fare colazione, uscii in giardino a spargere semi e briciole di pane secco.

Quando rientrai vidi che il mangime aveva richiamato i merli e qualche odioso piccione, ma del pettirosso non c'era traccia. Pensai che avesse trovato un insediamento più ospitale e lo dimenticai. Dopo colazione, mi piazzai nello studio e ripresi le fila del mio romanzo, il ticchettio dei tasti della mia Valentina rossa mi faceva compagnia.

Tu sai quanto io sia felice quando trascorro mesi di vita claustrale in compagnia delle mie storie. Il mio lavoro può sembrare solitario ma non lo è, perché è affollato di gente chiassosa che ride, piange, fa baruffa e si riappacifica, sgomita per farsi avanti. Sono i personaggi delle mie storie e ognuno di loro vuole raccontarsi e pretende di essere ascoltato. Io li amo e li ascolto tutti in uguale misura. La loro presenza mi dà gioia e, qualche volta, dimentico il trascorrere delle ore. Di tanto in tanto mi stacco dalla scrivania, vado in cucina a farmi un caffè, spilluzzico un frutto o un biscotto, la mente costantemente affollata di queste presenze. Considero il mio mestiere un privilegio che mi è stato elargito senza che io ne abbia alcun merito.

Dunque, tornai in cucina dopo una mezz'ora di lavoro e il pettirosso era lì, sul davanzale della finestra, come se mi stesse aspettando. Mi guardò e io gli sorrisi. Avrei voluto aprire i doppi vetri per dargli da mangiare, ma non lo feci neppure quella volta, temendo che volasse via. Così restammo lì a guardarci per un bel pezzo e, per quanto possa sembrare incredibile, mi sembrò che lui mi sorridesse.

Non lo rividi per alcuni giorni.

Quando ritornò sul davanzale della finestra della cucina, diede piccoli colpi di becco contro i vetri, come se volesse richiamare la mia attenzione, perché io ero lì e stavo rimestando il ragù che cuoceva piano piano sul fornello.

Mi accostai alla finestra e posai un dito contro il vetro, dove lui batteva il suo beccuccio. Pensai che sarebbe volato via, invece prese a becchettare ancora di più e mi sembrò che volesse inviarmi piccoli baci. Attraversavo un periodo difficile e l'affettuosa presenza di quel pettirosso mi scaldò il cuore offrendomi la tenerezza di cui avevo bisogno.

I nostri incontri, lui di là e io di qua dal vetro, si ripeterono più volte nel corso dell'inverno. Consideravo la sua presenza come quella di un amico prezioso.

Poi accadde che, una mattina, avendo spalancato la porta della cucina, mentre sedevo al tavolo e sorseggiavo un caffè, il pettirosso entrò e saltellando sul pavimento, si accostò al tavolo, guardandomi da sotto in su. Ancora una volta, mi sembrò che mi sorridesse e allora sussurrai: «Papà, l'hai mandato tu?».

Mi commossi e in quel momento entrò in cucina il mio amato fratellone. Vide il pettirosso che volò subito fuori in giardino e sparì.

«Il pettirosso è entrato a curiosare», spiegai e aggiunsi, piano: «È il papà che me l'ha mandato».

Tuo figlio scosse il capo e mi sorrise.

Da allora il pettirosso non è più tornato. Mi piacerebbe tanto rivederlo.

Con questo, caro papà, credo di averti raccontato più o meno tutto quel che non ti avevo mai detto.

Vorrei aggiungere che ti sono grata per le poche cose giuste che ho fatto, perché so di doverle a te, alla tua onestà intellettuale, alla tua dirittura morale, al tuo senso della misura. Ma non voglio fare di te un santino, perché non ti piacerebbe.

Ho sbagliato in pieno alcune scelte della mia vita, a volte mi sono lasciata guidare dall'istinto più che dal ragionamento. Tu questi errori miei li conosci, vero? Inutile parlarne.

Ti penso sempre vicino alla mamma ed è giusto che anche lei sappia che le sono debitrice di tante lezioni di umiltà.

Oggi si direbbe che la mamma mi ha insegnato a tenere il profilo basso, a non prendermi mai troppo sul serio. Anche se la sua incapacità di esprimere i sentimenti e i suoi atteggiamenti punitivi mi hanno fatto soffrire.

Ma va bene così, sono serena, tu lo sai, e continuo a lavorare, alternando la scrittura alla mia modesta arte culinaria.

Durante il giorno leggo e scrivo, mi dedico ai fornelli e preparo pranzetti per gli ospiti.

Stamattina osservavo dalla finestra il nostro giardino. Le skimmie che fanno da bordura a una parte del cortile sono ingiallite. È un brutto segno. Non so proprio perché stiano morendo. Dovrò consultarmi con i giardinieri quando, a febbraio, verranno per la pulizia invernale. Quelle piante morenti mi creano disagio. I ciclamini, invece, sono bellissimi e nel gelo fioriscono felici.

Tra poco dovrò cominciare a documentarmi per una nuova storia a cui sto lavorando da alcuni mesi. Questa volta voglio affrontare un tema importante: il lavoro dipendente, che tu hai sempre rifiutato e, seguendo il tuo esempio, l'ho sempre rifiutato anch'io.

Infatti non sono mai stata assunta dai giornali per i quali ho lavorato come collaboratrice, e dopo aver lasciato "Il Milanese" per fare la casalinga, ci sono voluti un paio d'anni prima di rendermi conto di quanto mi mancasse l'uso quotidiano della mia macchina da scrivere.

Un giorno, ero sola in casa e mi stavo annoiando. Da uno stipo della libreria ho recuperato la mia Valentina, l'ho piazzata sulla scrivania e sono stata lì a guardarla per un bel pezzo. Pensavo a quante parole avevo scritto battendo su quei tasti, a quante pagine avevo riempito nel corso degli ultimi vent'anni, destinandole ai giornali. Avevo come l'impressione che, ora, lei mi stesse sorridendo.

Da quando avevo smesso di lavorare ripensavo spesso alle storie che tu, caro papà, mi raccontavi della tua famiglia ma anche di amici e parenti lontani. Quel giorno decisi di scriverle per non dimenticarle.

Di getto ho battuto a macchina una decina di cartelle in un paio d'ore e quando mi sono alzata dalla scrivania ero felice.

Da quel momento, ogni giorno, ricavavo uno spazio solo per me e scrivevo in solitudine, senza che nessuno, nemmeno mio marito, lo sapesse.

Una sera lui mi domandò: «Che cosa fa quella risma di carta sulla tua scrivania?».

«Sto scrivendo», risposi.

«Che cosa?», s'incuriosì.

«Storie della mia famiglia», mi decisi a dirgli controvoglia, perché era una faccenda che riguardava me solamente.

Mi guardò dubbioso e lanciò un'occhiata alla libreria dove giaceva la mia macchina da scrivere dentro la sua custodia.

La sera, mentre stavo per andare a dormire, mi chiese: «Mi daresti da leggere quello che hai scritto?».

Erano pagine che non volevo spartire con nessuno. Ma sapevo che se mi fossi rifiutata di fargliele vedere ne avrebbe fatto una questione infinita. Così gliele misi in mano dicendo: «Per favore, risparmiami i tuoi commenti sarcastici».

Al mattino mi alzai per fare colazione con mio figlio e accompagnarlo a scuola. Sulla scrivania dello studio di mio marito c'erano i miei fogli divisi in blocchetti tenuti insieme da graffette e una serie di appunti scritti a mano da lui su un foglietto. Sul tavolo della cucina c'era un suo messaggio: «Stanotte non ho dormito per colpa tua. Svegliami alle dieci, perché dobbiamo parlare».

Quando lo svegliai, le prime parole che mi disse furono: «Che altro aspettavi per dirmi che stavi scrivendo un romanzo?».

Lo guardai senza capire la domanda.

«Ed è bellissimo!», soggiunse.

«Mi stai prendendo in giro?», domandai esitante, mentre indietreggiavo temendo una delle sue repentine reazioni sferzanti.

Lui mi sorrise, allargò le braccia e disse: «Vieni qui, lasciati abbracciare. Voglio darti una mano per arrivare in fondo alla tua bellissima storia».

Scesi in cucina, mi preparai un caffè con la moka, sedetti al tavolo a sorseggiarlo in solitudine e fumai la prima sigaretta della giornata. Poi nascosi il viso tra le mani e sussurrai: «Finalmente!». Senza rendermene conto avevo realizzato il sogno che inseguivo da tutta la vita.

Caro papà, lo devo a te se da quarant'anni scrivo romanzi, a partire dal mio primo libro che ti aveva tanto commosso. Grazie, mille volte grazie.

Però, se puoi, fai tornare il pettirosso nel nostro giardino, aspetto sempre un battito d'ali.

Indice

Madeleines

Sveva Casati Modignani, *Il Diavolo e la rossumata*
Andrea Vitali, *Le tre minestre*
Enrico Brizzi, *L'arte di stare al mondo*
Gaetano Cappelli, *Stelle, starlet e adorabili frattaglie*
Sveva Casati Modignani, *Il bacio di Giuda*
Molly Wizenberg, *La mia vita fatta in casa*
Erica Arosio, Giorgio Maimone, *L'amour gourmet*
Isabella Bossi Fedrigotti, *Quando il mondo era in ordine*
Aldo Nove, *Un bambino piangeva*
Angelo Roma, *Ancora più vita*
Camilla Baresani, *Gli sbafatori*
Carlo Martigli, *La follia di Adolfo*
Andrea Salonia, *Domani, chiameranno domani*
Elisabetta Rasy, *Una famiglia in pezzi*

Prima edizione: aprile 2017

Azienda certificata ISO 9001
Mondadori Electa S.p.A. è un'azienda certificata
per il Sistema di Gestione Qualità da Bureau Veritas Italia S.p.A.,
secondo la Norma UNI EN ISO 9001:2008.

Questo libro rispetta l'ambiente
La carta utilizzata è stata prodotta con legno proveniente
da foreste gestite secondo rigide regole ambientali,
le aziende coinvolte garantiscono una produzione sostenibile
aderendo alle certificazioni ambientali.

Finito di stampare presso Elcograf S.p.A.,
stabilimento di Cles (Trento)
Stampato in Italia - Printed in Italy